그렇게 풍경
이고 싶었다

불안 공포증

Hwang Saewon

그렇게 풍경
이고 싶었다

언제 어디서든 반전을 마주할 수 있는 세상에서
우리가 알 수 있는 건, 모든 순간이 다시 오지 않을
일시적인 순간이라는 것뿐이다

延 ^{series}

황세원

고요함은 모두가 잠든 밤이
되어야만 느낄 수 있는 것인
줄 알았는데, 빛나는 햇살 속
에서도 얼마든지 즐길 수 있
는 것이었다.

아
침
놀

과테말라 용암에서 마시멜로를 구워 먹고 싶다

"…그리고 도심 근처까지 용암이 흘러내려와서, 사람들이 거기에 마시멜로도 구워 먹었어요."

"에이, 용암에다 마시멜로를요?"

여느 때와 다름없는 회사 점심시간, 선배 언니가 과테말라에 살았을 때의 이야기를 들려주고 있었다. 도심 근처에 화산이 있어 새벽에 화산 활동이 있으면 침대가 흔들려 잠이 깰 정도였다고 했다.

하지만 아무리 그래도 용암의 열기에 마시멜로를 구워 먹는다는 건, 양념을 한껏 친 이야기로 들릴 뿐이었다. 언니가 억울하다며 목청을 높이자, 우리는 그제야 너도나도 스마트폰을 꺼내 들었다. 놀랍게도 검색 결과 빼곡히 언니의 말이 진실임을 증명해 주고 있었다. 심지어 마시멜로를 들고 가서 구워 먹는 현지 투어도 있었다.

"맞죠? 진짜라니까요! 다들 속고만 살았나!"

우리는 크게 웃으며 세상엔 참 신기한 곳이 많다고 저마다 이야기를 풀어내기 시작했다. 각자 다녀온 곳들부터 앞으로 가고 싶은 곳들까지 다양한 이야기가 오가는 동안, 내 마음은 풍선처럼 부풀어 올랐다.

그날 저녁 퇴근길, 나는 편의점에 들러 마시멜로를 한 봉지 샀다. 가스레인지 불에 조심스럽게 굽자 달콤한 냄새와 함께 겉이 거뭇하게 그을었다. 하지만 평소에 그토록 좋아하던 맛이 갑자기 심심하게 느껴졌다. 과테말라에서는 화산의 붉은 열기에 구워 먹는다던데, 집에서 푸른 열기에 구워 먹는 마시멜로가 더 이상 맛이 좋을 리가 없었다.

영 기분이 안 나서 부엌을 벗어나 침대로 향했다. 익히지 않은 마시멜로들을 하나씩 집어먹으며 과테말라 여행 정보를 검색해 보았다. 나는 무언가에 홀린 듯 눈에 보이는 모든 여행기들을 빠르게 읽어나갔다. 짧게는 한두 달 중남미 일주부터 길게는 1~2년 세계일주까지 다양했다. 자세를 고쳐 앉았다. 더 이상 과테말라가 중요한 게 아니었다. 나의 검색 여정은 어느새 에콰도르를 거쳐 아르헨티나까지 내려갔고, 순식간에 세렝게티에 들렀다가 시드니까지 날아갔다.

'이왕 지구 반대편까지 날아갈 거라면 아예 한 바퀴를 돌고 와야지, 안 그래?'

풍선만 했던 마음은 그날 저녁 열기구가 되었다. 내가 어릴 때부터 막연하게 꾸던 세계일주라는 꿈이 결코 멀리 있는 것이 아님을 알게 된 이상, 내 꿈은 다시 작아질 수가 없었다. 나도 할 수 있다는 생각에 온몸이 두근거리기 시작했다.

내 일상은 그때부터 달라졌다. 회사 숙소 이용 기간이 만료되면 어디서 살아야 할지를 고민하던 나는, 세계여행을 하려면 어느 계절에 출발해야 할지를 더 자주 고민하기 시작했다. 매일 밤 일기장에는 푸념 섞인 하루 일과 대신, 가고 싶은 나라들이 차근차근 나열되었다.

그로부터 딱 반년 뒤, 회사에서 희망퇴직을 신청받는다는 소식을 듣자마자 나는 이게 나의 기회임을 직감했다. 이미 몇 달간 생각해오던 것이었으므로 길게 고민할 필요도 없었다. 마시멜로를 용암에서 구워 먹느냐 마느냐 하는 사소한 이야기의 날갯짓이, 나를 지구 한 바퀴 비행하게 했다.

덕분에 알래스카에서는 밤이 새도록 춤을 추는 오로라에 빠져들었고, 짐바브웨 빅토리아 폭포에서는 래프팅을 하다 물에 빠져 기절할 뻔도 했다. 호주에서는 친구 집 앞에 나타난 야생 캥거루들에 흥분했고, 나미비아에서는 불빛에 몰려드는 딱정벌레 떼에 기겁을 하기도 했다. 남미에서는 엄마와 함께 탱고를 춘 것에서부터 스노클링을 해보기까지 다양한 추억을 쌓았고, 뉴질랜드에서는 빙하 녹은 물에 빠지는 아빠의 모습도 볼 수 있었다.

하지만 내 여행은 아직도 끝나지 않았다. 많은 사람들은 설렘이 추억으로 이어질 때 여행이 완성된다고 생각하지만, 나는 오히려 그 반대라고 믿는다. 설렘이 추억이 되는 것이 아니라, 모든 추억이 설렘으로 이어지는 것이라고.

여행은 평행세계를 탐험하는 것과 같다. 그 누구도 같은 이유로 떠나지 않기에, 결코 같은 공간을 방문하지 못한다. 다만 딱 한 가지, 우리 모두가 분명하게 공유하는 것이 있다면, 그것은 여행을 꿈꿀 때의 두근거림이다. 나는 그 두근거림을 나누어보려 한다.

내 이야기가 누군가에게 달콤한 마시멜로가 될 수 있다면, 내 추억은 그때 비로소 완성될 것이다.

아침놀

과테말라 용암에서 마시멜로를 구워 먹고 싶다 ... 10

1부.
마법의
문은
없지만

일몰은 비워지고 ... 23

일출은 채워지고 ... 27

엄마, 나도 꿈에도 몰랐어 ... 32

없는 바다를 수호하는 나라 ... 40

흐린 날의 아수라장 ... 44

그깟 사진 ... 51

이과수의 습격... 59

마법의 문은 없지만... 64

장거리 달리기를 위하여 ... 68

그 계절의 밤하늘이 춤출 때 ... 76

창문에 비치던 두 가지 삶 ... 84

2부.
고요한
소란

없다 - 여행자의 메모 ... 93

기차 안의 반전 ... 96

어서오세요 ... 104

나의 여행 친구 ... 107

오만과 편견 ... 111

고요한 소란 ... 120

산 넘어 산, 물 넘어 물 ... 124

쳐다보지 못한 산, 오르기라도 ... 132

동물원 밖 동물들 ... 139

닭다리의 최후 ... 144

낭만과 꾀죄죄함 사이 어딘가 ... 151

3부.
마음과
믿음

거기, 여자 혼자 여행하기 괜찮아요? ... 163

마음과 믿음 ... 168

때때로 라벤더 오일이 필요할지도 ... 172

파도의 순간 ... 179

끊이지 않을 변심 ... 183

신이 있다면 ... 188

다시는 아무도 가지 못할 곳 ... 192

빗속에서 춤추는 법 ... 197

거기까지 가서 그걸 안 했다고? ... 203

함께 했던 흔적 ... 211

우리의 시간은 손바닥만 한 종이 속에 ... 215

숫자 속에는 사람이 있음을 ... 221

4부.
매일이
초연

매일이 초연 ... 229

10초의 순간들 ... 233

공항에서 이름이 불릴 때 ... 242

모래 뒤에 숨겨진 것들 ... 249

코알라는 왜 유칼립투스 잎을 먹을까 ... 257

반짝이는 것들 아래 ... 259

아직 열지 못한 와인병들을 기억하며 ... 264

아빠, 우리 카약 타러 가자 ... 268

방심은 금물 ... 275

시간을 내어준다는 것 ... 281

여행 그 후 ... 288

저녁놀

당신이 보게 될 그곳의 순간들을 함께 하고 싶다... 298

1부

마
법
의 문
은 없
지
만

일몰은 비워지고

해가 진다 해도 하루는 끝나지 않는다. 우리에겐 아직 밤
이 남아있고, 못다 한 술 한 잔이 남아있다. 일몰은 밤으로
가기 위해 거쳐가는 정거장이다. 그래서 누군가는 다가오는
어둠 속에서 차분함을, 누군가는 두근거림을 느끼며 각자의
여운을 품은 채 낮을 배웅한다.

그런 의미에서 크로아티아 자다르의 일몰은 완벽했다.
그날은 땀을 뻘뻘 흘리던 이전 며칠과는 달리 바람이 많이
부는 날이었고, 파도가 시원하게 넘실대던 날이었다. 바다
오르간[1]은 파도가 칠 때마다 중후한 음악을 퍼뜨리고 있었
다. 이 서늘함을 순식간에 달궈버린 것은 늦은 저녁의 태양
이었다.

---

1 바다오르간: 세계에서 유일한 바다오르간으로. 바닷속에 파이프가 설치되어 있어 파도가 칠 때마
다 뱃고동 소리와 같은 음악이 울려 퍼진다. 크로아티아 건축가 겸 예술가 니콜라 바시츠의 작품.

나는 붉게 물들어가는 석양에 빨려 들어갈 듯 서 있었다. 오르간 구멍이 나 있는 회색 벽돌 길의 끝, 아주 잠시 모든 것이 태양의 지배 아래 놓였다. 구름은 노란빛을, 길은 주황빛을 반사하는 동안 수평선에는 요트 한 척이 천천히 움직였다. 눈에 닿는 모든 곳들이 뜨겁게 덮여가던 순간, 세상이 고요해졌다. 더 이상 오르간의 울림도 들리지 않았고, 파도도 차분해지더니 사람들도 하나 둘 지워지기 시작했다. 내 시선은 오로지 작아지는 태양을 따라갔다.

자다르에서는 태양이 사라지지 않는다. 태양이 붉은 빛을 이끌고 수평선 뒤로 넘어가면, 사람들은 곧 태양의 인사를 보기 위해 걸음을 옮긴다. '태양의 인사'[2]는 바다오르간 근처에 있는 광장의 이름이다. 낮 동안 쌓인 햇빛이 바닥에 색색의 불빛으로 나타난다. 그 불빛들은 계속해서 반짝여 마치 모두가 어릴 적 유행하던 운동화, 걸을 때마다 바닥에서 불빛이 나던 그 운동화를 신고 돌아다니는 것만 같았다. 자다르의 태양은 수평선 너머 사라진 뒤에도, 그렇게 오래도록 잔상이 남아있었다.

일몰 뒤에는 밤이 오고, 밤 뒤에는 새벽이 온다. 자다르의 일몰처럼, 늘 끝 대신에 여운을 발견할 수 있었으면 좋겠다. 어쩌면 종점이란 없는지도 모른다.

---

2 태양의 인사: 바다오르간 근처에 위치한 광장으로, 바닥에 깔린 유리판이 낮 동안 햇빛을 저장해 두었다가 밤이 되면 LED 불빛을 뿜어낸다. 마찬가지로 니콜라 바시츠의 작품.

＊

각 정거장마다 누군가는 내리고
누군가는 타면서 비움과 채움이 반복될 뿐.

일출은 채워지고

만약 내가 모뉴먼트 밸리에 가지 않았다면, 이 글은 쓰이지 않았을지도 모른다. 다행히 나는 5주간의 아프리카 캠핑 투어를 덜컥 예약해 버렸고, 덕분에 이를 앞두고 걱정이 엄습해 캠핑 연습을 하겠다며 2박 3일간의 미국 서부 캠핑투어를 예약했다. 라스베이거스에서 출발해 그랜드 캐년을 포함한 미 서부 관광지들을 둘러보는 투어였다.

나름대로 비장한 마음으로 출발했건만, 첫날부터 김이 새 버리고 말았다. 갑작스러운 한파로 인해 여행사에서 친절하게도 객실형 숙소로 업그레이드를 해준 것이다. 그래도 다행히 낮 동안 많이 친해진 홍콩 친구 위니와 독일인 친구 에바와 함께 방을 쓰게 되어 심심하지는 않은 밤이 기다리고 있었다. 나는 잠들기 전 숙소 앞에서 밤하늘의 별들을 카메라에 담아보았고, 두 친구는 너무나 멋지다며 감탄했다. 별똥별인지 위성인지 UFO인지 모를 것이 한 줄 찍히기도 해 각자의 판타지 이론을 펼치기도 했다. 몽골이나 우유니 사막에서만큼의 촘촘한 밤하늘은 아니었지만, 엄청난 호응을 해준 두 친구 덕에 나도 덩달아 기분이 좋아졌다.

둘째 날은 다행히도 텐트를 칠 수 있을 정도로 아주 조금 따뜻해졌다. 그날 오후 우리가 도착한 캠핑장은 첫눈에 탄성이 절로 나오는 모뉴먼트 밸리 한가운데였다. 거대한 암석들이 마치 누군가 일부러 깎아낸 듯한 다양한 모양으로 서 있었다. 어느 방향에 서 있어도 서부 영화의 한 장면이었다. 어쩌다 한 번 아빠가 텔레비전 화면에 심취해 있으면 핀잔을 주곤 했던 내 모습이 머쓱할 만큼, 나는 이 광활한 풍경에 그 누구보다도 열광하고 있었다.

하지만, 그런 곳에서도 아침잠은 쉽게 포기할 것이 못 되었다. 가이드가 저녁 식사 중 내일 아침 일출은 꼭 봐야 한다며 몇 번을 강조했지만, 늦어도 5시에는 일어나야 한다는 말을 듣자마자 나는 속으로 고개를 절레절레 흔들었다. '아침에 눈 떠보고 결정하지, 뭐.' 그 말인즉, 눈을 잠시 떴다 다시 감겠다는 뜻이었다. 하지만 그 순간,

"세원, 네 카메라 정말 좋더라. 일출도 찍으면 정말 멋있을 것 같아!"

"나도 카메라 가져왔어야 했는데 아쉽다. 내일 일출 찍고 나면 어제 별 사진과 함께 공유 좀 해줄 수 있어?"

옆에 앉아있던 위니와 에바가 들뜬 표정으로 나를 바라보았다. 그때 나는 깨달았다. 직장 생활을 하며 완치된 줄 알았던 '착한 사람 병'이, 아직 내게 약하게나마 남아있었다는걸.

"좋아, 당연하지! 더 일찍 일어나서 해 뜨기 전에 달이나 별까지 볼 수 있었으면 좋겠다."

덩달아 신이 나 버려서 한 술 더 떠버리고 말았다. 덕분에 다음날 새벽, 나는 내뱉은 말을 지키기 위해 휴대폰의 첫 진동소리에 눈을 떠야 했다. 같은 텐트를 쓴 위니는 나보다 더 들떠 있었는지 이미 나갈 준비가 다 되어있었다.

텐트 지퍼를 열자, 전날 황홀하게 바라봤던 모뉴먼트 밸리의 기암들이 어둠 속에서 더 웅장한 위엄을 자랑하고 있었다. 정확한 형체를 알아볼 수 없어, 해가 뜨면 돌처럼 굳는다는 거인 트롤들이 생각나기도 했다. 밤에 모두가 잠든 사이 자기들끼리 움직였다가, 새벽이 되니 그제야 멈춰 서 있었는지도.

암석들이 움직이나 안 움직이나 집중하며 기다리기를 몇 분, 달이 아직 지켜보는 앞에 지평선 위로 붉은 선이 하나 생겼다. 그 선은 점차 두껍게 차올랐고, 곧 노란 햇살로 주변을 밝히기 시작했다. 검게 서 있던 주변 암석들은 서서히 본래의 색을 찾아갔다. 눈이 부시기 시작했지만 눈을 뗄 수가 없었다. 텐트 정면에 서 있던 거대한 손 모양의 바위, 그 엄지와 검지 사이로 비로소 태양이 올라올 때, 나는 카메라 셔터를 누르는 것도 한참 동안 잊어버렸다.

일몰은 그 여운까지 좋아하면서도, 일출은 어떻게 즐겨야 할지를 잘 몰랐던 것 같다. 일출은 이제부터 바삐 움직여야 한다는 신호로 느껴졌기에 부담스러웠다. 그래서 일부러 시간을 내지 않아도 쉽게 볼 수 있는 일몰이 더 낫다고, 어차피 하늘 색이 변해가는 풍경은 비슷하다고, 한때는 그렇게 생각하기도 했다.

그러나 일출의 매력은 언제나 하루의 가장 첫 시작을 의미한다는 것에 있었다. 그림자 같은 형체들이 그날 하루 맨 처음으로 그 질감을 드러낼 때, 내 안의 그림자들도 곧 빛을 받을 것만 같은 벅참이 생긴다. 로맨스의 단골 배경은 일몰일지 몰라도, 청춘 드라마에는 일출이 더 많이 등장하는 법이다.

나는 자다르와 같이 탁 트인 곳에서 온 풍경을 따스히 덮어주는 일몰이 좋았고, 모뉴먼트 밸리와 같이 기암들이 서 있는 땅의 틈을 뚫고 자신 있게 등장하는 일출이 좋았다. 히

치콕 감독이 '세상에서 가장 멋진 일몰이 있다'던 자다르에서 황홀한 일몰을 보았듯, 언젠가는 여행 중에 만났던 친구 하나가 '세상에서 가장 멋진 일출이 있다'던 캄보디아 앙코르와트 사원의 눈부신 일출 또한 보러 가고 싶다.

한때는 관심조차 없었던 것을 사랑할 수 있게 되는 건 여행자의 특권이다. 캠핑에 대한 갑작스러운 호기심과 평소 고치고 싶던 '착한 사람 병', 그리고 너무나 멋진 곳에서의 하룻밤 덕분에 나는 이제 어둠 속에서도 기꺼이 태양을 마중 나갈 수 있게 되었다. 뜨거운 벅참과 잔잔한 여운 사이에서 또 어떤 것을 새롭게 사랑하게 될지, 벌써 설렌다.

엄마, 나도 꿈에도 몰랐어

세계여행의 첫 출발 지점으로 정한 남미를 엄마와 같이 여행하기로 한 뒤부터, 엄마한테 입버릇이 생겼다. 항공권을 예약할 때도, 늦은 밤 리마 공항에 도착했을 때도, 세비체[3]를 먹다가도, 엄마는 매번 같은 말을 반복했다.

"나는 내가 남미를 여행하게 될 줄은 꿈에도 몰랐어."

텔레비전에서 여행 프로그램을 보거나 어쩌다 사진을 보시면서도 참 멋지다고만 생각했지, 당신과는 상관없는 먼 나라 이야기라고 생각하셨다고 했다. 그런데 그 입버릇이, 남미 도착 일주일 만에 바뀌게 될 줄이야.

남미 여행은 페루에서 시작되었다. 엄마와 함께 하는 여

---

3 세비체: 날생선이나 해산물을 얇게 잘라 레몬 또는 라임즙에 재운 뒤 채소와 함께 먹는 샐러드의 일종으로, 페루를 비롯한 남미 지역의 음식이다.

행인만큼 좀 더 안전하고 편안한 방법을 찾아보았고, 그래서 초반에 선택한 방식은 세미 투어였다. 적당히 자유 여행을 즐기되, 숙소 이용 및 도시 간 이동을 단체로 함께 해서 신경 쓸 부분이 비교적 적었다. 덕분에 좋은 사람들도 많이 만날 수 있었고, 엄마의 근심도 조금은 덜어드릴 수 있었다.

그런데 여행 시작 5일째, 페루 쿠스코에서의 어느 아침, 엄마의 입술이 조금 이상했다.

"엄마, 입술이 왜 이렇게 부르텄어?"

"피곤하면 가끔 이러잖아, 금방 괜찮아질 거야."

하지만 이틀 후 마추픽추에 올라가던 날 새벽, 입술뿐 아니라 얼굴 전체가 빨갛게 부어올라 있었다. 그런데도 이른 아침이라 그렇다며 대수롭지 않게 생각하던 엄마였기에 나 역시 당장 병원을 찾을 생각은 하지 않고, 예정대로 마추픽추에 올랐다. 모자를 눌러쓰고, 스카프로 얼굴을 가리고.

그렇지만 아무리 생각해도 증상이 심한 것 같아, 쿠스코에 돌아가자마자 피부과 의사를 찾았다. 의사는 알레르기성 반응이라고 진단했다. 먹은 과일이나 고기, 접촉했던 식물과 벌레 등 모든 것이 원인일 수 있다는 것이다. 다음날 버스를 타고 푸노[4]에 갔다가 이후 볼리비아 우유니 소금 사막에 갈 계획이라고 했더니 의사는 극구 말렸다. 그런 곳들은

---

4 푸노: 페루 남동부의 도시로, 페루와 볼리비아 사이에 위치한 티티카카 호수의 서쪽에 있다.

마땅한 병원도 없고, 우유니의 염분은 증상을 더 악화시킬 수 있다면서.

엄마는 약을 먹고 자면 괜찮아질 거라고 고집하셨지만, 다음날 상태는 오히려 더 심해져 있었다. 결국 전날 갔던 병원보다 조금 더 큰 종합병원에 찾아가 보았다. 전날은 투어 인솔자가 함께 병원에 가주었는데, 이제는 우리 둘만 쿠스코에 남았다. 의사의 초급 영어와 나의 왕초보 스페인어는 보디랭귀지의 힘을 빌려야 했다. 나는 숟가락으로 밥 먹는 시늉을 하며 식사가 가능한지 물어봤고, 검지를 팔뚝에 찔러보며 주사를 놔줄 건지 등을 물어보았다.

의사가 하룻밤 정도는 입원하는 게 좋겠다고 해서, 엄마가 병실에 누워있는 동안 나는 호텔로 돌아가 짐을 찾아오기로 했다. 울음이 터져 나왔다. 방에 도착하자마자 긴장이 풀렸나 보다. 심각하게 안 좋을까 봐 무서웠던 마음과, 괜히 여행을 오자고 우겼나 하는 미안했던 마음이 뒤섞였다. 엄마의 보호자 노릇을 할 준비가 되어있지 않은 주제에, 나는 엄마를 남미까지 데려온 것이다.

우리 가족 중 모험가는 아빠와 나다. 내가 처음 남미에 함께 가자고 했을 때, 엄마는 내 말을 제대로 듣지도 않으셨다. "남미를? 5주를? 에이." 결국 여행을 온 건 오로지 나의 욕심이었다. 전날 의사가 푸노와 우유니에 가는 걸 말렸을 때 엄마가 괜찮을 거라고 고집을 부렸던 건, 엄마가 가고 싶어서가 아니라 그저 나 때문이었다. 마추픽추도 내심 걱정이 되시면서도 강행하셨던 걸지도 모른다. 여행 내내 엄마의 또 다른 입버릇 하나는, "네 여행이니 네 마음대로 해."였기 때문이다. 그럴 때마다 나는 항상 짜증을 냈다. 이게 왜 나만의 여행이냐고.

병원으로 돌아가기 전 호텔 앞 공원 벤치에 잠시 앉아 엄마의 지난 몇 달을 떠올렸다. 대기업에 잘 다니던 딸이 갑자기 퇴사를 하고, 세계여행을 하겠다고 하고, 남미까지 함께 오자고 하고. 내가 얌전히 회사를 다녔더라면, 남미를 오더라도 그냥 혼자 왔더라면, 엄마가 아플 일도 없었을 텐데. 햇살이 내리쬐는 벤치의 빈 공간에 나의 죄책감을 쏟아냈다. 넓은 벤치에 혼자 앉아 있자니 병실에 혼자 누워 있을 엄마가 생각났다. 얼른 추스르고 병원에 돌아가기로 했다.

다행히 수액을 맞은 엄마는 한층 밝은 표정으로 나를 반겨주었다. 긴 시간이 지난 것도 아니었지만 피부도 안색도 놀라울 정도로 좋아져 있었다. 그제야 나도 마음이 조금 놓였다. 병원 침대에서 함께 식사를 했고, 1분에 한 번씩 끊기는 인터넷을 뚫고 볼리비아 라파스행 항공권도 예약했다. 그리고 약을 바른 피부에 물이 닿지 않도록 엄마가 머리를 감으시는 걸 도와드렸다. 이 병실은 뭐가 이렇게 쓸데없이 넓냐며, 말 안 통하는 외국인 환자라 비싼 돈 청구하려는 거 아니냐며 농담까지 주고받았다. 병원에서의 하룻밤은 그래도 그 정도로 마무리되어가는 듯했다.

하지만 긴장을 놓은 자리에는 복병이 들어앉는 법이다. 다음날 공항에 가기 위해 새벽 4시에 일어난 나는, 전날 저녁 의사에게서 받은 처방전을 들고 병원 내 약국에 갔다. 공항으로 출발하기 30분 전에 여유롭게 간 것이었는데, 전혀 여유롭지가 않았다. 약사가 약을 찾는 데에만 그 30분을 다 보낸 것은 물론 계획했던 출발시간까지 넘겨버린 것이다. 그런데 그마저도 처방전에 적힌 6개의 약 중 3가지나 없다는 것이었다. 의사는 왜 자기 병원 약국에 없는 약을 처방해준 것인지, 약사는 왜 약을 찾는 데에 이렇게나 시간이 오래 걸리는 것인지, 비행시간은 다가오는데 복장이 터질 지경이었다.

결국 약국에 있는 약만 사기로 하고, 카운터에 신용카드를 내밀었다. 일단 빨리 이곳을 벗어나고 싶었다. 그런데 또,

"카드는 안 돼요."

전날 병원비도 이미 같은 카운터에서 카드로 결제했고, 약 값도 카드 결제가 된다는 것을 미리 확인한 상태였다.

"기계가 고장 난 건가요?"

"그냥 안 돼요, 오늘은."

"혹시 달러도 받으세요? 페루 화폐는 공항 갈 택시비밖에 남지 않았는데 어떡하죠."

"달러는 안 받아요."

"… 그러면 어차피 여기 약국에는 약도 다 없으니까, 다른 데 가서 살게요."

"잠깐! 처방전 가지고 가면 안 돼요!"

"그럼 어떡해요, 당장 공항 가서 비행기를 타야 하는데 방법이 없잖아요!"

"잠시만요. … 그냥 카드 주세요."

15분 가까이 실랑이를 벌이다 겨우 탈출했다. 이럴 줄 알았으면 아침에 그냥 처방전을 들고 바로 라파스로 가는 거였는데. 그래도 택시를 타고 나니 드디어 끝났다는 생각에 아직 얼굴이 붉은 엄마와 서로 마주 보며 웃을 수 있었다. 어이없는 상황이었지만, 병원을 나왔다는 사실이 가장 중요했다. 다시 함께 여행을 이어갈 수 있다는 게 얼마나 다행이었는지.

우리는 의사가 걱정했던 우유니 사막을 무사히 지나 아르헨티나에서 빙하 트레킹을 하고 브라질에서 삼바 축제를 즐겼다. 시간이 갈수록 엄마는 가보고 싶은 식당이나 장소를 먼저 적극적으로 제안하시기도 했고, 가끔은 나보다 더

과감하게 새로운 시도를 하시기도 했다. 에콰도르에서는 엄마가 눈치로 스페인어를 알아듣고는 발 앞에 굴러온 공을 동네 꼬마들에게 뻥 차주시는 일도 있었다. 엄마가 공을 잘 찬다는 것도, 탱고를 나보다 더 잘 춘다는 것도, 해외 여행 중에 한식을 자주 필요로 하지 않는다는 것도, 나는 남미에서 처음 알았다.

"나는 내가 남미에서 입원을 하게 될 줄은 꿈에도 몰랐어."

나는 엄마의 바뀐 입버릇이 마음에 들었다. 내가 얌전히 회사에 다니지 않아서, 혼자 오지 않아서, 남미를 엄마와 함께 여행해서, 엄마는 남미에서 입원해 본 사람이 되었다. 우리는 아마 평생토록 이 이야기를 할 것이다.

없는 바다를 수호하는 나라

　볼리비아 우유니 사막에서 국경을 넘어 칠레 아타카마 사막에 진입한 순간, 모두가 탄성을 질렀다. 2박 3일 내내 소금사막의 먼지투성이 오프로드를 덜컹거리며 달리다, 순식간에 포장도로의 부드러움을 맛본 것이다. 볼리비아의 멋진 풍경들 뒤에는 상상 이상으로 거친 모습들이 있었다. 해발 4천미터가 넘어 밤에 잠이 깰 정도로 숨 쉬기 힘든 우유니 사막에는 차라리 숨을 안 쉬었으면 좋겠다는 생각이 들 정도로 악취가 나는 화장실이 있었고, 수도인 라파스의 언덕에는 엄청난 규모의 납골당과 공동묘지가 살아있는 사람들의 좁은 터전을 빼앗고 있었다.

　남미에서 가장 가난한 나라 순위를 매기면, 볼리비아는 늘 최상위권에 속한다. 경제적인 수치를 알지 못하더라도,

그곳에 도착하기만 하면 누구나 체감할 수 있을 것이다. 라파스의 첫인상은 달동네와 같았다. 숨쉬기도 버거운 해발 3,640미터의 도시, 붉은 벽돌로 지어진 비슷비슷한 집들은 그곳에서부터 500미터 이상 높은 언덕들까지도 빽빽하게 점령하고 있었다. 웬만한 곳은 걸어가는 것이 빠를 정도로 교통체증이 말도 못 하지만, 빼곡한 집들로 인해 도로도 지하철도 낼 엄두를 못 낸다고 했다. 대신 언덕 위에 사는 주민들을 위해 대중교통 목적의 케이블카가 있다.

어쩌면 여유가 없어 보이는 그들이지만, 내가 느낀 볼리비아는 남미에서 가장 자존심이 강한 나라였다. 스페인 지배의 흔적인 아르마스 광장이 없었던 도시는 볼리비아 라파스가 처음이었다. 아르마스(armas)란 무기류를 뜻하는데, 스페인 침략 당시 각 도시의 중심 광장을 무기 배급 용도로 사용하면서 붙여진 이름이다. 남미 대부분의 나라에서 여전히 식민지 시대 이름으로 불리고 있는 아르마스 광장이, 라파스에서는 독립투쟁을 하다 목숨을 잃은 페드로 도밍고 무리요의 이름을 따 무리요 광장으로 불리고 있었다.

그리고 그 무리요 광장에 위치한 국회의사당 건물에는, 반시계 방향으로 돌아가는 시계가 있다. 북반구와 남반구는 모든 것이 반대로 움직이지만, 세상은 대개 북반구 중심으로 돌아간다. 에콰도르 키토의 적도 박물관 바닥에는 적도가 빨간 줄로 표시되어 있다. 그곳에 서 있으면 몸을 어느 쪽으로 돌리느냐에 따라 지구의 자전 방향이 전혀 반대로 보인다. 북극을 향해 서 있으면 시계 방향이지만, 남극을 향해 서 있으면 반시계 방향이다. 북반구와 남반구라는 말 또한 관점의 차이일 뿐. 볼리비아는 북반구 중심의 세계 질서를 무분별하게 따르지 않고 자주적으로 움직이겠다는 의지를 시계로 나타낸 것이다.

볼리비아의 독특함은 거기서 끝나지 않는다. 그곳에는 지킬 바다가 없음에도 해군이 존재한다. 19세기 후반 남미의 태평양 전쟁에서 아타카마 사막을 칠레에 빼앗기면서, 볼리비아는 바다로 가는 길목을 잃어버렸다. 그러나 해군은 여전히 있으며, 그들은 남미 최대 호수인 티티카카 호수를 관리하고 그곳에서 훈련을 한다. 언젠가 바다를 되찾을 것이라고 믿기 때문이다.

라파스의 케이블카 위에서 아래를 내려다보니, 끝도 없는 계단을 오르락내리락하는 사람들이 눈에 들어왔다. 그들이 향하는, 하나같이 낡아 보이는 집들도. 누군가는 해군을 유지하거나 반시계 방향의 시계를 설치하는 것보다 더 중요한 일들이 많다고 지적할지도 모른다.

하지만 누구에게나 되고 싶은 풍경이 있다. 울통불통한 땅 위에 꽃을 피우기 위해서는 땅을 고르게 하고 씨앗을 심

고 거름을 주어야 하겠지만, 그보다 먼저 그걸 그리는 마음
이 있어야 한다. 현실이 변화하는 속도가 조금 더딜지라도
이상을 향한 마음은 늘 그대로이길. 그들이 그려낼 풍경이
궁금하다.

흐린 날의 아수라장

갑자기 영화에서와 같은 엄청난 재난이 들이닥치면 나는 과연 어떤 사람일까, 한번 생각해 본다. 앞장서서 문제를 해결하려는 사람일까? 뒤에서 소외된 누군가를 도우려는 사람일까? 아니면 정말 이기적으로 내 살 길만 찾으려는 사람일까? 나는 휩쓸리지 않고 평정심을 유지할 수 있을까? 생각만 해봤을 뿐 딱히 겪고 싶었던 것은 아니었는데, 칠레에서 아주 잠깐, 가볍게 체험해 볼 수 있었다.

칠레의 수도 산티아고에서 비행기를 타고, 파타고니아[5] 지역으로 이동하기 위해 푸에르토 나탈레스로 향하던 중이었다. 비가 조금 내리고 안개가 조금 꼈지만 기체가 흔들릴 정도는 아니었다. 그런데 곧 착륙한다던 비행기가 얼마 후

---

5 파타고니아: 남미 최남단, 칠레와 아르헨티나에 걸친 지역으로, 산맥과 빙하, 피오르드의 절경을 품은 곳.

다시 추진력을 내며 높이 올라가더니, 결국 푸에르토 나탈 레스가 아닌 푼타 아레나스 공항에 착륙했다.

착륙 후 밖을 내다보니 수하물을 이미 내리고 있었다. '이런 일도 다 있네.' 체념하고 기내 짐을 챙기고 있는데, 안 내 방송이 나왔다.

"잠시만 기다려주세요. 10분 뒤 다시 이륙할지, 이곳에 착륙할지 안내해 드리겠습니다. 감사합니다."

내 배낭이 지금 저 멀리 가고 있는 걸 내 눈으로 직접 보 고 있는데, 착륙 여부에 대한 결정이 나지 않은 상태라니. 무엇을 믿어야 할지 헷갈렸다. '짐을 다시 실을 수도 있는 건가?' '아니면 비행기를 바꿔 탈 수도 있는 건가?' 그러나 약속된 10분 뒤에는 아니나 다를까 내리라는 공식적인 안 내 방송이 나왔다.

비행기에서 내리니 항공사에서 푸에르토 나탈레스까지 가는 버스 편을 제공해 주겠다고 설명하고 있었다. 그때가 오후 3시였는데, 버스는 저녁 7시 이후에 준비된다고 했다.

"말이 되냐고, 이게!"

당시 우리 비행기에는 한국인들이 많이 탑승하고 있었 다. 나와 엄마가 참가한 세미 투어처럼 다른 여행사를 통해 우리와 비슷한 형태로 출발한 팀도 함께 타고 있었던 것이 다. 우리 인솔자와 그쪽 인솔자를 포함해 몇 명의 한국인들

이 강력하게 항의한 끝에, 결국 버스 시간은 오후 4시로 앞당겨졌다. 애초에 가능했던 일을 항공사에서 불가능한 일처럼 말한 것인지, 애초에 불가능한 걸 우리가 가능하게 만든 것인지, 영영 알 수는 없겠지.

버스 시간이 정해진 뒤, 공항에서 사용할 수 있는 바우처를 받았다. 6,900페소(약 1만 원)짜리 바우처였다. 이미 시간은 3시가 넘었지만, 늦은 점심 식사 또는 간식이라도 하라고 준 것이었다. 문제는 공항 내 몇 안 되는 상점들 중 그날 문을 연 곳이 단 한 군데밖에 없었다는 것이다. 그마저도 자판기에나 있을 법한 허접한 샌드위치를 파는 매점이었다. 하지만 바우처를 받은 이상 써야 했다. 순식간에 모두 그곳에 몰려들어 줄을 섰다. 나는 운 좋게 꽤 앞쪽에 섰는데, 가게를 들여다보니 샌드위치의 재고가 한정적이었다. 칠레 내 작은 국내선 비행기였지만 그래도 한 비행기를 가득 채우고 있던 사람들에게 돌아갈 것이 고작 20개 남짓의 샌드위치였다. 뒤에 서 있는 사람은 못 살 수밖에 없었다.

그런데 갑자기, 종이 바우처들이 옆을 오가기 시작했다.

"제 것도요! 여기도 있어요!"

다른 한국인 일행들이 갑자기 앞쪽에 줄 서 있는 사람 한 명에게 바우처를 몰아주는 일이 일어난 것이다. 바우처 한 개로 샌드위치 두 개를 살 수 있었는데, 그 한 명은 바우처 5~6개로 샌드위치를 사재기하듯 사 갔다. 한국인들이어서, 그들의 대화 내용이 다 들려서 더 기분이 상했다.

"너무한 거 아니에요? 아니, 좀 늦게 걸어 나오면 아무것도 못 사는 거야?"

뒤에서 사람들이 계속 웅성웅성하며 중간중간 큰 소리도 났지만, 앞에서 사재기하는 사람들은 들은 척도 하지 않았다. 이런 상황이 닥치면 다들 이렇게 변하는 건가, 나도 만약 뒤에 서 있었다면 이렇게 앞쪽에 서 있는 지인들에게 부탁했을까, 여러 가지 생각이 들었다.

그래도 운 좋게 앞쪽에 서 있던 나는 엄마와 같이 먹을 샌드위치 두 개를 살 수 있었다. 받아보니 얇지만 한 개당 두 쪽씩 포장이 되어있길래 사지 못한 사람들과 나누어 가졌다.

그렇게 우왕좌왕하다 보니 어느새 4시가 다 되었다. 카오스 그 자체였던 공항을 벗어나 바깥에 준비된 버스에 얼른 올라탔다. 자리를 잡고 드디어 샌드위치를 꺼내 한 입 베어 물었는데… 나와 엄마는 약속이나 한 듯, 서로를 마주 보고는 폭소를 터뜨렸다. 식빵 사이에 치즈 한 장, 햄 한 장 들어 있는 것이 전부였는데, 정말 심각할 정도로 아무 맛도 안 나고 빵도 엄청 퍽퍽했던 것이다.

"우리, 이거 먹으려고 그 난리를 친 거야?"

혹 나만 피해를 입을까, 서로 지나치게 전전긍긍했던 것이 너무 우스웠다. 괜히 경쟁심이 불타올라 그랬었나 보다. 싱겁고 허탈하게 끝난 1시간짜리 재난 사태 체험이었다. 그리고 체험 결과, 나는 무리 속 엑스트라일 뿐이었다. 한 번 더 이런 일이 생기면 좀 더 여유를 가질 수 있으려나.

그깟 사진

처음으로 무언가를 한다는 건 늘 벅차는 일이다. 그 순간을 붙잡을 수는 없기에 사진으로나마 간직해 보고 싶은 마음이 간절해진다. 그러니 에콰도르의 갈라파고스에서 내가 사진에 굉장히 집착하게 된 것은 당연한 일이다. 나도 엄마도 난생처음으로 스노클링을 한 곳이니까.

갈라파고스는 여러 섬들로 이루어진 제도로, 우리는 공항이 있는 산타크루즈섬에 숙소를 잡고 근처 섬들로 투어를 다녔다. 항구에 즐비한 여행사들을 들락날락한 끝에, 첫 행선지는 가장 많은 여행사들이 추천한 핀존섬으로 정했다. 모두가 핀존섬에서는 아주 많은 종류의 물고기들을 볼 수 있다고 장담했던 것이다. 배를 타고 가는 길, 발이 빨갛거나 파란 부비새[6]들을 보면서, 물속에서 보게 될 생명체들에 대

---

6 부비새: 갈라파고스 제도에 서식하는 조류로, 걷는 모양이 우스꽝스럽다고 해서 '바보'라는 뜻의 이름이 붙은 새. 발 색깔에 따라 빨간 발 부비새, 파란 발 부비새 등이 있다.

한 기대가 한껏 커져갔다.

설레는 마음으로 바닷물에 처음 고개를 넣었을 때는 그러나 두려움이 더 크게 밀려왔다. 처음 보는 깊은 바다의 텅 빈 바닥은 물이 차가운 건지 내 간담이 서늘해진 건지 구분이 가지 않게 했다. 하지만 몇 차례 심호흡을 한 뒤 용기를 내어 다시 고개를 넣었을 땐, 나를 달래주기라도 하듯 바다는 더 이상 텅 비어있지 않았다. 노랗고 파란 큼지막한 열대어들, 내 근처를 닿을 듯 지나가던 바다사자들과 가오리, 생각보다 빠르던 바다거북, 그리고 깊은 곳 저 아래 자는 듯했던 상어들까지, 너무나 많은 것들이 물속을 채우고 있었던 것이다. 사람이 살지 않는 섬이라 섬의 땅에 발을 디딜 수는 없었지만, 그 앞바다에는 찰나에 사라질 내 발자국들이 수도 없이 만들어졌다.

하지만 그 완벽한 순간을, 나는 사진으로 남기지 못했다. 수중에서 찍을 수 있는 카메라를 여행사에서 쉽게 대여해 준다는 사실을 미처 알지 못했던 것이다. 그래도 희망은 있었다. 가이드가 스노클링 내내 열심히 사진과 영상을 찍었고, 투어가 끝난 뒤 그것들을 판매한다고 한 것이다. 가격 상관없이, 처음으로 했던 스노클링의 기억을 생생하게 남기고 싶었기 때문에 나는 망설임도 없이 숙소 주소를 건네주었다.

*

그러나 그날 저녁, 우리 숙소를 찾아온 사람은 아무도 없었다. 어두워질 때까지 기다리다 결국 늦은 시간에 저녁식사를 하러 갔다. 가이드의 연락처를 받지 못했기에, 다시 약속을 잡기 위해서는 우연히 다시 만나는 수밖에는 없었다. 다음날 나는 다른 일정을 다 제쳐 두고 아침 일찍 선착장에 나갔지만 허탕을 쳤고, 예약했던 여행사에도 찾아가 봤지만 도움을 받지 못했다. 하지만 포기하지 않고 꾸준히 기웃거린 결과, 며칠 뒤 드디어 그를 우연히 마주칠 수 있었다. 알고 보니 그는 숙소 이름이 헷갈려 다른 곳으로 잘못 찾아갔던 것이었다.

'아, 왜 엇갈렸는지 알았으니 다행이다. 그러면 이번에는 제대로 찾아오겠구나.'

그러나 그는 이번에도 오지 않았다. 그 후 그를 다시 만난 적이 없기에 바람맞힌 이유는 지금까지도 알지 못한다. 하지만 그건 더 이상 중요하지 않다. 그깟 사진 때문에 충분히 다른 해변을 구경하고 돌아올 수 있었던 시간과, 카페에 앉아 오후를 충분히 즐길 수 있던 여유와, 나를 따라 지구 반대편까지 따라왔던 엄마의 여행이 이미 희생되었으니까.

그때는 그게 가장 중요한 일인 줄 알았다. 아쉬움을 느낄지도 모르는 먼 미래를 위해 현재를 포기하는 것이. 사진이 없으면 결코 그때 그 순간으로 돌아갈 수 없다고 생각했기

때문이었다. 하지만 이후 갈라파고스의 다른 섬에서, 그리고 호주의 산호초 가득한 그레이트 베리어 리프에서 직접 카메라를 대여해 열심히 찍은 사진과 영상을, 나는 그리자주 꺼내 보지 않는다. 참 아이러니하게도, 내가 지금까지도 머릿속으로 가장 생생하게 기억하고 있는 스노클링 경험은 사진 한 장남아있지 않은 핀존섬에서의 시간이다.

때로 사진으로 찍어 둔 기억은 새로운 기억으로 금방 덮어 씌워진다. 디지털 카메라의 사진들을 외장 하드로 옮긴 뒤 메모리 카드에서 곧바로 지워버리는 것처럼. 사진으로 남기지 못한 핀존섬에서의 추억을 더 오래도록 선명하게 기억하기 위해 나는 지금도 머릿속에서 가끔씩 꺼내 본다. 그리고 그런 기억은, 사진보다 더 오래 남는다. 아무리 화소가 높은 사진일지라도 모든 것을 저장하지는 못한다. 카메라 렌즈를 바라보던 그 순간의 감정 상태, 당시 주위를 물들인 냄새, 손끝에서 느껴지던 물살. 그런 것들은 만져지는 무언가로는 표현할 수 없는 것들이다.

그러니까 그깟 사진이 중요한 게 아니었다. 엄마와 신나게 스노클링을 했다는 사실이, 내가 뱃멀미에 해롱거릴 때 엄마는 멀쩡한 채로 나를 챙겨주었다는 사실이, 그리고 숙소로 돌아와서는 빨갛게 타버려 괴롭도록 따가운 서로의 허리와 다리에 생감자를 잘라 붙여줬다는 사실이 중요하다. 그리고 그 탄 자국은 그 후로 1년 동안 몸에 문신처럼 남았다는 사실도.

사진은 수없이 많은 것들을 생략하고 작은 시선 속에 포착하는 한 장면일 뿐이다. 순간을 오랫동안 기억하기 위해 필요한 건 사진이 아니라, 그 시간에 온전히 빠져드는 마음이다. 내 시야가 프레임 안에 갇히지 않았으면 좋겠다.

스노클링을 마치고 돌아온 숙소는 며칠째 그래왔듯 개미 천국에 조그마한 도마뱀들이 활보하고 다녔다. 이따금씩 갑작스러운 날갯짓에 깜짝 놀라기도 했는데, 크기가 좀 큰 파리들이었다. 그런데 얼마 후 파리보다 더 큰 날갯짓 소리가 들렸다. 공포영화 주인공처럼 몸은 빳빳하게 굳은 채 고개만 서서히 돌아보니 새가 들어와 있었다. 아니, 가까이서 보니 새가 아니라 새 크기의 나방이었다. 엄마는 먼저 방에 들어가 주무시고 계셨는데 내가 기겁을 하고 소리를 질러대자 깜짝 놀라 깨셨다. 웬만한 크기의 벌레는 자신 있게 잡는 편이지만 이날만큼은 결국 엄마가 잡아주실 때까지 나는 도망만 다녔다. 책으로 세게 내리쳐 바닥으로 고꾸라진 나방은 아침에 밖에 내다 버릴 생각으로 그 위에 종이를 덮어놓고 잤는데, 아침에 일어나 보니 사라져 있어서 공포영화를 본 기분이었다.

그런데 아무도 새 크기의 나방 이야기를 믿지 않는다. 나방이 크다는 건 이해하겠는데 새라고 착각할 정도였다는 건 믿기지 않는다고 한다.

아, 사진을 찍었어야 했는데.

이과수의 습격

아르헨티나 부에노스아이레스에서 이과수 폭포로 향하던 비행기 안, 기장이 날씨가 좋다면서 저 아래에 있는 폭포를 보라고 방송해 주었다. 분명 수도 없이 많이 봤을 기장의 목소리에서 흥분이 느껴졌음에도, 나는 '폭포가 멋져봤자 폭포 아니겠어?'라는 다소 오만한 생각을 하고 있었다. 내 생각이 대단히 잘못되었음을 느낀 건 불과 몇 초 후였다. 조그마한 비행기 창문을 내다본 순간 떡 벌어진 입은 쉽사리 닫히지 않았다.

이과수 폭포는 자잘한 폭포들이 여러 개 이어 붙어있어 그 끝을 알 수 없을 정도로 규모가 엄청나다. 브라질과 아르헨티나 국경에 걸쳐 있어, 이틀에 걸쳐 보았다. 땀이 줄줄 흘러내릴 정도로 더위에 괴로웠지만, 하얀 폭포들을 감싼

밀림의 신비로운 경관에 걸음을 멈출 수가 없었다. 영화 속에서 깊은 산속을 탐험하다 길을 잃은 주인공이 한 손으로 우거진 나뭇가지들을 걷어내고 나면 비로소 웅장한 음악과 함께 펼쳐지는 풍경 같았다. 온갖 종류의 초록으로 칠해진 그 길을 따라 우리는 홀린 듯이 계속 걸었다.

그런데 그 순간, 멀지 않은 곳에서 하나의 외침이 들려왔다.

"저리 가!"

바닥에 놓인 누군가의 가방 주위에 동물 두 마리가 알짱거리고 있었다. 처음 보는 동물의 이름은 코아티였다. 코와 입 부분이 길쭉하게 생긴 너구리 같은 동물인데, 귀엽다는 생각이 든 순간 한 마리가 그 가방을 덥석 잡았다.

"음식 냄새를 맡는대요. 가방 내려놓지 마세요."

음식 냄새를 맡으면 무리를 지어 쫓아오는 동물이라고 했다. 저 멀리에서도 누군가 바닥에 내려두었던 배낭을 황급히 들어 올리는 것이 보였다. 가방 안에는 음식이 있을 수 있다는 걸 알아서인지 음식물이 없는 가방일지라도 내려놓는 순간 타깃이 되었다. 심지어 아무것도 바닥에 내려놓지 않은 내 발 주위에도 몇 마리가 빙글빙글 맴돌면서 기웃거렸다. 코아티에 물리면 크게 다칠 수도 있다고 하기에, 나는 겉보기에 귀여운 그 생명체들을 가까이서 보지도 못하고 석

상처럼 서 있었다. 다른 사람들도 서서히 게임을 하듯 멈춰섰다. 그러자 코아티들은 유유히 다른 먹잇감을 찾아 떠났다.

우리는 코아티들과는 반대 방향으로 걸었다. 산책로를 걸어 들어가면 걸어 들어갈수록 이과수의 물방울들은 더욱 화려하게 빛이 났다. 스피드보트를 타고 폭포 밑으로 들어가 온몸으로 그 물을 맞기도 했고, 조금 뒤로 물러나 주변의 나비들과 나무 위 새들을 발견하기도 했다. 무더위에도 하얀 물보라를 만들어내는 폭포 소리 덕분에 기분이 시원했다. 비록 점심은 코아티들을 피해 매점 안 바닥에 쭈그리고 앉아 먹어야 했지만, 그래도 위협에서는 이제 안전한 듯 보였다.

"아야!"

자신 있게 걸어가던 길, 갑자기 뒤에서 비명이 들렸다. 엄마였다. 엄마는 한쪽 팔을 앞으로 뻗은 채 인상을 찌푸리고 있었다. 엄마 팔에 작은 침 같은 것이 박혀 있었다. 알 수 없는 벌레에 물리신 것이다. 나는 침을 뽑아냈지만 엄마의 팔은 조금 부어올라 있었다. 페루의 악몽이 떠올라서 불안한 마음에 응급처치실을 찾아갔다. 푸근한 인상의 간호사가 별일 아니라는 듯, 웃으면서 약도 발라주고 거즈도 붙여주고 얼음팩도 주었다. 엄마의 부어오른 상처에 얼음팩을 감싸고는 감사 인사를 하고 나왔다. 페루에서 액땜 다 한 줄 알았는데 또 이런다며 웃었다. 그렇게 즐겁게 다시 구경을 이어갔는데, 이번에는 또 내가,

"아야!"

또 다른 벌레가 내 목을 쏜 것이다. 엄마보다는 덜 심했지만 따가웠다. 엄마와 나는 눈을 2초 정도 마주보다가, 웃음을 터뜨리면서 다시 그 간호사를 찾아갔다.

"아니, 어쩌다 딸까지 또 물렸어요?"

"그러게요, 이제 집에 가라는 신호인가 봐요!"

남미 여행이 그렇게 끝나갔다.

마법의 문은 없지만

21세기에도 마법은 없다. 열기만 하면 아무 데나 원하는 곳으로 갈 수 있는 문도, 자고 일어나면 원하는 곳으로 데려다주는 침대도 없다. 적어도 나는 아직 발견하지 못했다. 그래서 여전히 여권을 챙기고 제한 무게에 맞추어 짐을 챙기며 몇 시간의 비행을 하고 있다.

그러나 그렇다고 해서 마법 같은 일이 전혀 일어나지 않는 건 아니다. 분명 어제까지만 해도 에콰도르 키토의 1달러짜리 샌드위치 가게에서 허기를 달래며 더위를 식히고 있었는데, 다음날 나는 칼바람에 거리의 휴지통이 넘어지는 뉴욕에서 흰눈이 덮인 센트럴파크를 배회하고 있었으니까. 하루 만에 겨울에서 봄이 되고, 하루 만에 다시 여름으로 갈 수 있다니…. 문을 여러 개 열어야 하긴 하지만, 이렇게나 쉽게 새로운 세상에 갈 수 있다는 게, 때로 마법처럼 느껴지곤 한다.

나이아가라 폭포 옆 레인보우 브리지에서는 문을 두 번만 열면 미국에서 캐나다가 되었다. 그곳에는 판타지 소설에 나올 것만 같은 문지기도 서 있었다. 주인공의 길을 막아서는 것이 아니라, 어서 들어와서 모험을 시작하라고 인도해 주는 유쾌한 문지기. 그렇지만 우리가 정말로 소설 속에 살고 있는 것은 아니기에, 문지기가 늘 우리가 기대했던 곳으로 안내해 주는 건 아니었다.

같은 장소지만 나이아가라 폭포는 빛바랜 부모님의 사진 속 풍경이 훨씬 더 맑고 산뜻했다. 내가 문을 열었을 땐 아직 겨울이었고 눈보라가 치고 있어 황량했다. 다음날엔 문지기의 경고처럼 눈 폭풍까지 있었다. 매년 8백만 명이 찾는다는 관광지는 버려진 유원지처럼 쓸쓸했다. 요란하게 빛나는 간판들과 달리, 거리는 죽은 듯이 조용했다. 밤에 폭포를 향해 색색의 불빛을 비춰주는 야경을 보러 나온 건, 나외에 4명뿐이었다. 우리가 문을 잘 연 것인지 잘 열지 못한 것인지는 각자의 추억에 달렸다. 적어도 내게는 그날 그곳의 문을 연 게 고작 우리 5명뿐이었다는 것만으로도 특별했던 안갯속 세상이었다.

다음 문 뒤에는 어떤 계절의 어떤 풍경이 나를 기다리고 있을까. 어떤 사람이 나와 같은 문을 열었을까. 문을 열기 전의 나와 문을 연 후의 나는 또 얼마나 다를까. 문 몇 개를 열어서 전혀 다른 계절, 전혀 다른 세상을 만날 수 있다는 건 얼마나 마법 같은 일인지.

장거리 달리기를 위하여

안에서 새는 바가지는 밖에서도 새고, 아무 이유 없이 강남대로를 뛰어다니는 사람은 지구 반대편에서도 뛰어다니는 법이다.

세계여행을 시작한 지 약 50일, 나는 캐나다 몬트리올을 떠나 퀘벡시티로 향하고 있었다. 인기를 끌던 드라마의 촬영지라 계획 당시에는 설렘이 부풀다 못해 터지기 직전이었는데, 막상 도착을 두어 시간 앞둔 기차 안에서는 별생각이 없었다. 내가 가장 좋아하는 계절인 겨울인데다 곳곳에 눈까지 쌓여있었건만, 나는 며칠 전부터 쉽게 감흥을 느끼지 못했다.

기차 안에서 여행의 재미가 덜해진 이유에 대해 이런저런 생각을 하다 눈을 붙였다. 하지만 잠은 오지 않았다. 해야 할 일들이 머릿속을 떠다녔다. 당장 며칠 뒤 묵을 숙소 예약도 되어 있지 않았고, 그 이후 행선지도 이동편도 정해지지 않았다. 결국 나는 눈을 뜨는 것과 동시에 가방에서 노트북을 꺼냈다. 그다지 길지 않은 여정이었기 때문에 해결한 건 별로 없었지만, 그래도 뭐라도 조금은 했다는 생각에 마음이 한결 편해졌다.

퀘벡시티 역시 눈이 많이 쌓여있었다. 여기마저 재미가 없으면 어쩌나 싶던 찰나, 드라마 속에서 보던 것처럼 동화 같은 모습에 조금 안심이 되었다. 숙소에 짐을 두고 근처에서 간단히 요기를 하고 나니 어느새 해가 질 시간이 되었다. 드라마에 나왔던 명소 중 하나인 아브라함 공원으로 향했다. 퀘벡시티에서 가장 화려한 건물인 프롱트냑 호텔과 그 옆의 세인트로렌스강이 내려다보이는 언덕이어서, 몇 주 전부터 석양과 야경을 볼 곳으로 점찍어둔 곳이었다. 기상예보에 나온 일몰 시간은 아직 한참 남았으나, 어느새 푸른 하늘에 무심하게 굵은 페인트칠을 한 듯 옅은 분홍빛이 가로지르고 있었다.

마음이 조급해졌다. 지도 앱의 안내에 따라, 언덕 뒤편의 성벽을 향해 발걸음을 재촉했다. 비수기였기 때문일까, 길이 심상치 않았다. 사람이 하나도 없는 것은 물론이고 공사장에 있을 법한 펜스들이 곳곳에 서 있었다.

다른 때였다면 주변에 공사 중인 표시가 있는지 둘러보았을 텐데, 나는 막힌 시야 사이로 보이는 분홍빛 하늘에 마음이 한껏 분주해져 있었다. 일단 어디로든 걸어들어가면 언덕을 오르는 길이 나올 거라고 굳게 믿고 더 빠르게 걸었다. 그러나 진흙탕물도 아랑곳하지 않고 빠르게 달려간 길의 끝에는 〈공사 중이니 돌아가시오〉라는 표지판만이 세워져 있었다.

"이럴 거면 입구에서부터 세워뒀어야지!"

허탈함에 그제야 땅을 내려다보니 바지와 운동화 곳곳에 진흙탕물이 튄 흔적들이 보였다. 짜증 섞인 한숨을 내쉰 뒤 고개를 들어보니, 하늘에 분홍빛이 거의 남아있지 않았다. 그걸 보겠다고 그렇게 급하게 뛰어온 것이었는데. 예쁜 색깔은 이미 놓친 것 같아 다른 길을 찾기 위해 터덜터덜 걸었다. 한두 번 헤맨 끝에 계단을 하나 발견했다. 꽁꽁 얼어 있는 계단에서 동네 아이들은 깔깔거리며 썰매를 타고 있었다. 그 모습을 구경할 여유도 없이, 나는 장갑을 끼고 얼음을 손으로 짚으며 전투적으로 올라갔다.

드디어 언덕 위에 서서 바라본 하늘은 그 어느 때보다도 잔잔해서, 아주 희미하게 남은 한 줄기 분홍 보랏빛 말고는 기대했던 석양의 색감을 찾아보기 어려웠다. 붉은 빛깔들의 잔 다툼 없이, 근엄한 푸른색이 무겁게 모든 빛을 짓누르며

온 하늘을 덮고 있었다. '아까 분홍색 하늘을 여기서 보았으면 정말 예뻤을 텐데.'라고 생각하며 나는 아쉬워했다.

다음날, 굳은 진흙들을 털어낸 바지와 몇몇 옷가지들을 들고 빨래방으로 향했다. 원래는 빨래하는 날이 아니었는데, 전날 저녁 덕분이었다. 세탁기에 옷가지들을 넣고 세제를 넣은 뒤, 빨래방에 있는 의자에 걸터앉았다. 오늘 저녁은 뭘 먹을까 휴대폰으로 검색해 보려는 찰나, 어떤 남자가 말을 걸었다. 못 보던 사람인데 여행자냐고 물었다.

그는 내가 세계여행을 떠나고 처음으로 만난 장기 여행 경험자였다. 이전 해에 7개월 동안 유럽과 아프리카를 다녔다고 했다. 어딜 가서 무얼 했는지, 어떨 때 좋았고 어떨 때 아쉬웠는지 그의 여행 이야기를 들었다. 내가 장기 여행자를 만난 게 처음이라 반갑다고 했더니, 그는 여행하면서 앞으로 훨씬 더 많이 만나게 될 거라며,

"사람마다 여행하는 스타일이 달라서, 그런 걸 보는 재미도 있어요. 각자 여행하는 이유도 관심사도 다르니까, 가는 곳도 다르고 속도도 다르죠."라고 했다.

나는 단 한 번도 여행을 속도라는 관점에서 생각해 본 적이 없었다. 그동안 내가 해왔던 여행들은 길어봐야 2주였고, 그러니 내게 여행이란 바쁘게 돌아다니며 최대한 많은 것을 경험해 보는 일이었다. 처음 해보는 장기 여행 역시, 마라톤

이 아닌 연속적인 단거리 달리기의 관점에서 준비했다. 그러다 보니 여유롭고 싶었던 여행에 여유가 없었다. 여유도 부려본 사람이 부릴 줄 아는 것이었다. 에스컬레이터마다 느긋하게 서서 가본 적 없는 나는, 하루하루 다양한 일들로 가득 채워 바쁘게 살던 나는, 여행 중에도 똑같았다. '그래도 여기까지 왔는데 다 봐야지, 아깝잖아.'라는 말로 스스로를 재촉하면서.

긴 여정에는 강약 조절이 필요하다. 모든 여행지를 온 마음을 다해 샅샅이 둘러볼 수는 없다. 그날 빨래방에서의 짧은 만남 덕분에, 나는 이후 종종 '여행 휴일'을 정하기 시작했다. 그리고 여행지에서 자꾸 무언가를 느끼도록 애쓰는 것도 그만두었다. 마음에 와 닿지 않으면 가볍게 스쳐 지나가고, 그렇게 아껴 둔 마음은 언젠가 마음에 쏙 드는 장소가 나타났을 때 애정을 쏟기로 했다. 장기 여행은 여행일 뿐 아니라 낯선 곳에서 이어지는 하나의 생활 패턴이었다. 때로는 여행하지 않는 시간들 덕분에 오히려 여행하는 기분을 느낄 수 있었다. 쉼에도 쉼이 필요할 때가 있으니까.

*

그 계절의 밤하늘이 춤출 때

겨울은 따뜻한 계절이다. 세상을 덮는 눈과 뜨거운 코코아, 목을 휘감는 보들보들한 목도리, 그리고 색색의 불빛들이 포근하게 데워준다. 나는 어릴 때부터 겨울을 좋아했다. 심지어 내 생애 첫 번째 여행 버킷리스트는 기억조차 나지 않는 만 6살에 종이에 직접 적은 '아이슬란드'였다. 성인이 되고 나서는 그 막연한 꿈이 구체화되었다. 하얀 침엽수림, 거대한 빙하, 폭포와 온천. 하지만 역시 가장 중요한 건, 그 모든 풍경들 위로 펼쳐지는 초록빛과 분홍빛의 향연이었다.

가고 싶은 나라에 아이슬란드를 적고 난 뒤 20년이 지난 어느 가을, 아직은 회사를 다니던 때, 나는 드디어 아이슬란드에 도착했다. 하지만 아름다운 건 결코 쉽게 자신을 드러내지 않는 법이었다. 오로라는, 최적의 시기에 최적의 장소를 여행한다 해도, 그날의 날씨가 맑고 오로라의 움직임이 활발해야만 그 우아함을 누릴 행운이 주어진다. 그런데 하필이면 나와 내 친구 지원이는 도착 이후 빗방울만 계속 보았다. 4일째 되던 날 저녁, 길가 식당에 도착하기 전까지는.

"밖에 오로라가 좀 보이네요."

그 말에 몇 입 먹지도 않은 말고기 스테이크를 내버려 두고 식당 밖으로 달려 나갔다. 초록빛을 살짝 띤 은색의 굵은 띠가 검은 하늘을 가로지르고 있었다. 그 시작점도 끝점도 알 수 없을 만큼 길게. 그동안 봐온 사진들로는 오로라가 굉장히 진한 초록색일 줄 알았는데, 반드시 그렇지만은 않다는 걸 처음 알게 되었다. 하지만 그 색과는 상관없이, 마치 누군가가 붓질을 한 듯 검은 하늘을 가로지르는 빛이 한 줄기 있다는 사실은 우리를 황홀하게 만들기 충분했다.

"나, 조금 눈물 날 것 같아."

처음 보는 하늘의 춤에 우리는 넋을 잃었다. 별말을 주고받지 않았는데도 서로의 감정을 이해할 수 있었다. 우리는 나란히 축축한 바닥에 서서 하늘을 쳐다보았다. 숙소에 돌아가서야 밤새 그 감상을 나누었다. 썰다 만 말고기 스테이크는 끝내 마무리 못했지만 배고픔을 조금도 느끼지 않은 밤이었다. 이틀 뒤에는 그 뭉클함을 또 한 번 느낄 수 있었는데, 그때는 오렌지빛으로 물든 구름도 함께 있었다.

내가 홀로 미국 알래스카주를 여행하고 있던 건 1년 반 뒤의 일이었다. 겨울 세상을 탐험한다는 것만으로 나는 한껏 들떠 있었다. 그 들뜬 마음을 조금 더 띄워 보기 위해 밖을 나선 어느 밤이었다. 아직 하늘에 푸른빛이 남아있던 저녁 9시 반, 오로라는 그때부터 빛나기 시작해 밤이 새도록 그 춤을 이어갔다. 주변이 완전히 어두워져야만 볼 수 있는 건 줄 알았는데, 꼭 그렇지만은 않았다. 오히려 아직 주변이 밝아서 그런지, 그날의 오로라는 아이슬란드에서처럼 은색에 가까운 색깔이 아닌, 분명한 초록색이었다.

도심에서 떨어진 고요한 숲속 캐빈에서 더 선명한 빛의 움직임을 볼 수 있었다. 한참 동안 펄럭이던 초록색 주위에는 곧이어 보라색과 분홍색까지 나타났다. 마치 여러 개의 스카프들이 서로 뒤엉켜 바람에 살랑살랑 움직이는 듯했다. 누군가가 완벽한 그라데이션의 드레스를 입고 검은 무대 위에서 춤을 추고 있는 것 같기도 했다. 장갑을 꼈는데도 손이 얼음장 같았지만, 도저히 그 풍경을 두고 실내에 들어갈 수가 없어 내내 눈밭을 서성였다.

"여보, 나 눈물 나."

같은 캐빈에 있던 여자 한 명이 옆에 서 있던 남자를 붙잡으며 울먹였다. 어쩌면 그건 처음 보는 사람들이 공통적으로 느끼는 감정인지도 몰랐다. 남자는 아무 말 없이 아내의 어깨를 감싸더니 그렇게 오래도록 조용히 있었다. 서로를 가장 잘 아는 사이만이 가능한 일이었다.

'한국은 지금 몇 시려나.'

아이슬란드에서 보았던 두 번의 오로라보다 훨씬 더 화려한 오로라를 앞에 두고, 나는 마음이 허전해졌다. 어디든 혼자 씩씩하게 잘 다니던 내가, 오로라를 볼 때만큼은 견딜 수 없을 만큼 초라해졌다. 물론 완전히 혼자 있었던 건 아니었다. 그러나 그곳에서 처음 만난 사람들과 요란하게 나누는 흥분은, 친구와 아무 말 없이 나누던 감정에 비할 수 없을 만큼 가벼웠다. 쓸쓸함과 가벼움 사이에서 나는 결국 쓸쓸함을 택했다. 자리를 옮겨 고요한 화려함 속에 혼자 서 있었다.

내 발이 눈밭에 폭폭 들어가는 소리들을 느끼며, 내가 늘 느끼던 겨울의 따뜻함들을 다시 새겨보았다. 사실, 늘 마음이 들어있었던 것이다. 눈밭을 함께 걷는 사람의 마음, 코코아를 타주는 사람의 마음, 목도리와 장갑을 건네주는 사람의 마음, 불빛을 켜 어둠을 밝히는 사람의 마음.

이제 내게는 한 가지가 더 생겼다. 하늘에 원색의 커튼이 움찔거리는 그 순간, 가슴 깊은 곳에서부터 보글보글 올라오는 그 뜨거운 감동을 나누고 싶은 마음이.

창문에 비치던 두 가지 삶

알래스카 철도는 내가 타 본 기차 중 그 풍경이 가장 아름다웠다. 아직 겨울이 한창인 3월에 운행하던 노선은 딱 하나, 남부의 앵커리지와 중부의 페어뱅크스를 잇는 구간뿐이었다. 전속력으로 달리면 훨씬 빠르게 갈 수 있겠지만, 통창 너머 바깥 풍경을 감상하면서 가는 관광용 열차이기 때문에 천천히 달려서 12시간이 걸린다. 경치가 좋을 때는 미리 어느 쪽 창문을 보라고 알려주고, 산양 등 동물이 보이면 또 알려주고, 혹시 사람들이 동물을 못 보면 후진까지 해주는 친절한 기차다.

편도만 탔어도 되는데, 혹시나 갈 때 날씨가 좋지 않을까 봐 왕복을 끊었다. 처음 탈 때는 날씨가 맑아서 온통 하얀 세상을 즐긴 것은 물론 저 멀리 데날리산[7]까지 선명하게 볼 수 있었지만, 두 번째 돌아올 때는 흐려서 바깥이 거의 보이지 않았다. 결과적으로 왕복을 끊을 필요는 없었음에도 전혀 아깝지 않았다. 한 번은 멋진 풍경들을 보았고, 그 다음 번에는 멋진 사람들을 만났기 때문이다.

페어뱅크스에서 앵커리지로 돌아가는 길, 계속되는 어두운 풍경에 나는 밀린 일기를 쓰다 식사나 하기로 했다. 식당칸은 늘 붐비기 때문에 좌석 번호순으로 입장이 가능했다. 직원들이 식사할 사람들의 주문을 미리 받고 난 뒤, 방송에서 좌석 번호를 불러주면 그때 가서 먹을 수 있었다. 음식 맛은 그저 그렇지만 12시간 동안 외부에서 싸온 음식만으로 버티기란 쉽지 않기 때문에 한 끼 정도는 식사를 하는 것도 괜찮았다.

식당 테이블 좌석은 4인 정원이라서, 3인 이하의 일행은 랜덤으로 다른 사람들과 합석해서 식사를 하게 된다. 이날 저녁 내가 합석하게 된 분들은 워싱턴주에서 온 노부부였다. 비슷한 무늬의 스웨터를 나란히 입고 계시던 두 분은 내게 혼자 여행을 왔냐며 먼저 다정하게 말을 걸어 주셨다.

내가 세계여행을 하고 있다고 하자, 두 분 역시 여행을 좋아하셔서 세계일주 항공권을 끊어 두 달간 여행하신 적도

---

7 데날리산: 알래스카산맥에 있는 산으로 북미 대륙에서 가장 높은 산이다. (해발 6,190미터)

있다고 하셨다. 지금은 퇴직 후 함께 노인대학에 다니고 있는데 수업 주제가 오로라라서 학교에서 다 같이 체험여행을 오셨다고 했다. 두 분은 따로 일정을 조금 더 늘려서 알래스카 여행을 더 즐기고 있는 중이셨다.

서로를 바라보는 너무나 행복한 웃음에 두 분의 이야기가 더 궁금해졌다. 조심스레 무슨 일을 하셨는지 여쭤보았다. 할머니는 작업치료사셨는데 노르웨이에서 꽤 오래 일하셨다고 했다. 일하시는 동안 그곳에서 학생들도 가르치셨다는데, 당시 학생들 중에는 이후 인턴십을 하기 위해 미국에 오는 경우도 많이 있었다고 했다. 그래서 그 학생들이 미국에 오면 두 분의 집에 머물게 해주셨다. 그렇게 홈스테이 호스트 생활이 시작된 것이다.

"인생이 좀 지루해지려는 틈에 잘 됐죠. 덕분에 우리는 친자식은 없지만 전 세계에 자식이 40명이나 있답니다."

보통 학생이 오면 1년 넘게 함께 생활하니 정말 가족이 된다고 했다. 학생들은 고국에 돌아가도 '미국 부모님'을 잊지 않고 계속 연락하는 것은 물론, 직접 초대를 하기도 했다. 그래서 결혼식에 참석하기 위해 모로코에도 다녀오셨고, '손자, 손녀'들을 만나기 위해 일본에도 다녀오셨다고 했다. 할아버지께서는 젊으실 때 일본 군에서 일한 적도 있어 일본어도 조금 하실 줄 안다고 했다. 나에게 그 일본인 손주들이 당신이 가장 좋아하는 손주들이라며 귀띔해 주셨다. 그러자 옆에서 할머니는 그런 거 정하는 거 아니라며 핀잔을 주셨다.

그렇게 셋이 웃으며 기분 좋게 식사하던 중, 옆 테이블에 또 다른 노부부가 손자를 데리고 와서 앉았다. 나와 함께 얘기 중이던 할아버지께서 먼저 그쪽 할아버지께 인사를 건네셨다. 그리고 나에게 그 노부부에 대한 이야기를 해 주시며 그분들께 나를 소개해 주셨다. 네 분은 점심 식사 때 이야기를 나누셨다고 했다.

그 노부부는 자식들이 여럿이고 이제는 손자 손녀도 여럿이 있다고 했다. 그 두 분은 가족들과 약속한 것이 있는데, 바로 손자 또는 손녀가 7살이 되면 셋이서 함께 여행을 가기로 한 것이다. 그래서 어떤 손자와는 그랜드캐년에 다녀오셨고, 어떤 손녀와는 디즈니월드에 다녀오셨다고 했다. 이번에 함께 여행 온 손자는 오로라가 보고 싶다고 해서 알래스카로 여행지를 정한 것이었다.

"우리가 아이 하나씩 데리고 가니까, 자식들도 좋아하는 거 있죠. 하하."

풍경 감상을 위해 탔던 기차에서, 뜻밖에도 인생 감상을 하게 되었다. 비슷하면서도 다른 삶을 살아온 두 노부부의 모습을 보고 있자니, 나도 모르게 처음 만난 사람 앞에서 절로 이런 말이 나왔다.

"저도 네 분처럼 나이 들고 싶어요, 인생이 어떻게 될지는 결코 알 수 없겠지만요."

그러자 내 앞에 앉아 계시던 할머니께서 옆에 계신 할아버지의 팔을 쓸어내리며 대답하셨다.

"그렇죠, 인생은 어떻게 될지 알 수 없어요. 그래도 이 사람을 만난 뒤부터 절반은 분명해졌답니다."

영하 30도의 페어뱅크스와 영하 10도의 앵커리지 사이 그 어딘가에서, 내 몸속에는 뜨거운 차를 한 모금 마셨을 때처럼 온기가 사르르 퍼졌다. 환히 웃으시는 할머니를 향해 장난스러운 미소를 지으시는 할아버지를 보며, 내 입꼬리는 며칠 전 오로라를 보았을 때보다도 더 높이 솟아올랐다. 몇 십 년 뒤 내 옆에는 어떤 사람이 있을까. 나란히 앉아 뜨거운 차에 우유를 부어 마시며 밤하늘을 언제까지나 바라볼 수 있는, 그런 사람의 팔을 쓰다듬을 수 있을까.

나의 선택들은 나를 그분들과는 전혀 다른 인생으로 이끌지도 모른다. 하지만 식사를 마친 뒤 서로의 손을 꼭 잡고 식당칸을 나서는 두 부부의 모습을 보며, 나는 확신했다. 나 또한 훗날 한 번쯤은 낯선 곳에서 젊은 여행자를 만나 내 인생을 몇 장면 나누며, 내 옆에 있는 사람과 손을 꼭 잡고 있을 것이라고. 그곳이 세상 어디든 말이다.

2부

고
요
한

소
란

없다 – 여행자의 메모

정답이라는 건 없다. 볼리비아의 우유니 사막은 우기에 물이 차 있을 때가 가장 아름답다고 했다. 나는 우기에 맞추어 갔지만 비가 2주째 끊겨 있었다. 그러나 벌집 모양의 마른 사막도 충분히 멋지고 특별했다. 우리는 의견을 때로 정답이라고 착각하는 것뿐이다.

영원한 건 없다. 만년설과 뾰족하고 푸른 산봉우리들로 유명한 칠레의 토레스 델 파이네를 보러 가던 날은 내내 흐려서 산이 보이지 않을 것만 같았다. 그런데 모든 기대가 다 사라진 그 순간, 누군가 입으로 바람이라도 분 듯 갑자기 구름이 환히 걷히고 산이 선명하게 그 모습을 드러냈다. 아무리 짙은 구름일지라도 결국에는 걷히기 마련이다.

밤의 색은 하나가 아니다. 우유니의 밤하늘은 보름달이 밝혀준 진회색이었고, 알래스카의 밤하늘은 오로라가 빛내주는 무지개색이었으며, 말라위호수의 밤하늘은 은은한 조명이 함께 해준 깊은 푸른색이었다. 빨간 노을에서 시작해 분홍빛 새벽으로 끝나는 밤은 결코 검은색이 아니다. 완전한 어둠은 없다.

남들이 걷는 길을 따라갈 필요가 없듯, 내가 걷는 길을 남에게 강요할 필요도 없다. 빙하는 계속해서 움직이면서 모양도 조금씩 바뀌기 때문에, 아르헨티나 모레노 빙하는 10일에 한 번씩 트레킹 코스를 바꾼다고 한다. 그러니까 어차피 내가 걸은 길을 다시 똑같이 밟는 사람은 많지 않다. 우리는 각자의 속도로 각자의 방향을 택해 걸어갈 뿐이다.

끝이라는 건 존재하지 않는다. 아프리카 퀴버트리는 가지의 끝이 계속해서 둘로 갈라져 자란다. 우리가 끝이라고 생각하는 그 모든 순간은, 새로운 가능성이 열리는 시작점일 뿐인지도 모른다. 어제의 내가 오늘의 내가 되고, 내일의 나로 갈라져 나오면서, 모든 건 뿌리에서부터 지금까지 차곡차곡 이어오는 것인지도 모른다.

✳

이 세상에 절대적인 것이란 없다. 오로지 선택과 가능성만이 있을 뿐. 정해진 것은 어제 뒤에 오늘이 있고, 오늘 뒤에는 내일이 있다는 것뿐이다.

기차 안의 반전

"안 살 거면서 가격을 왜 깎아?"

자라면서 부모님한테도 맞아본 적 없었는데, 모로코 마라케시 시장에서 상인한테 옷걸이로 맞았다. 밖에서 대충 훑고 지나가려는데, 안에 더 다양한 옷들이 많다면서 내 팔을 잡아끌고 들어온 사람이었다.

'사려고 했지만 아저씨가 계속 시세보다 높은 가격만 불렀잖아요!'

하지만 주변은 온통 모로코 상인들뿐. 구경거리가 있나 기웃거리는 건장한 그들을 보며 나는 입을 열려다 바로 닫아버렸다. 그냥 아무 말 없이 빨리 자리를 뜨는 것이 좋을 것 같았다.

숙소에 들어가니 뒤늦게 눈물이 왈칵 쏟아졌다. 하지만

시원하게 울어지지도 않았다. 아무 말도 하지 못하고 돌아온 억울함과 분함이 찌꺼기처럼 남아있었다. 지난 며칠을 돌이켜보니 모로코는 계속 이런 식이었다. 캣콜링에 그치지 않고 쫓아와서까지 말을 거는 사람들이 5분에 한 번씩 나타났고, 자신도 화장실에 볼일 보러 온 거였으면서 은근슬쩍 돈 받는 화장실 주인 행세를 한 아주머니한테 낚일 뻔한 일도 있었다. 심지어 무생물마저 나를 놀리는 것 같았는데, 초콜릿 아이스크림을 하나 샀더니 막대만 쏙 뽑혀 녹아내리는 아이스크림을 비닐로 부여잡고 먹은 적도 있었다.

하지만 여행은 계속되었다. 다음날은 유네스코 세계문화유산으로 지정된 도시인 페스로 향하는 날이었다. 그러나 새로운 도시로 간다는 설렘? 남은 여행에 대한 기대? 그런 건 없었다. 내 마음은 전날의 아이스크림보다 더 차갑게 얼어붙은 상태였다.

"페스로 갈 건데, 2등석으로 구입했어요. 1등석으로 변경이 될까요?"

8시간 거리에 1만 원 정도 추가 지불하면 1등석으로 변경이 가능했다. 자리가 지정되지 않는 2등석은 사람이 많을 때는 서서 가야 할 수도 있는데, 이미 지쳐버린 나는 더 지치고 싶지 않았다. 좀 더 편한 시간을 구입하고 싶었다.

"기차에 타서 바꾸면 됩니다."

매표소 직원의 말에 일단 기차를 향해 걸어갔다. 혹시나 잘못 알아들었을까 봐 기차 앞에 서 있는 다른 직원에게 다시 한번 물어보았다. 그 직원 역시 같은 말을 반복했다. 2등석 표를 들고 1등석 칸에 앉아 있다가 의도치 않게 또 기분 나쁜 상황이 만들어질까 봐 마음이 불편했지만, 방법이 없었다. 우선은 지시받은 대로 아무 자리에나 들어가 앉아 있다가, 자리 주인이 오면 빠르게 설명하기로 했다.

3명씩 마주 보고 앉는 6인석 칸이었다. 잠시 뒤 승객이 한 명 들어왔다. 4~50대로 보이는 중년 남성이었다. 나는 언제든 자리를 비켜줄 자세를 취했는데, 다행히 그는 내 맞은편에 앉았다. 점잖은 미소를 지은 채 책을 펼치는 아저씨를 잠시 보고 있다가, 같은 칸 안에 내 사정을 알고 있는 현지인이 한 명쯤은 있는 것이 좋을 것 같아 말을 걸어보았다.

"모로코는 원래 그래요. 여기 앉아있으면 알아서 바꿔줄 거예요."

모로코 태생이지만 30년째 호주에 살고 있다는 그는, 부모님댁 리모델링을 위해 잠시 온 것이라고 했다. 오랜만에 모로코 사람들과 일하려니 너무 답답하다면서 웃었다.

"여자가 여기 혼자 여행하기 쉽지 않을 텐데, 별일은 없었어요?"

별일이야 많았지만, 말은 하지 않았다. 원래 가족도 친구도 내가 욕할 때는 괜찮아도, 남이 욕하면 화가 나는 법. 예의가 아닐 것 같아서, 웃으며 잘 모르겠다는 시늉을 했다.

"상인들 무례하죠?"

정곡을 찔려 하마터면 네,라고 대답할 뻔했지만 이번에도 잘 참고 적당히 중립적으로 대답했다.

"혼자 다니니까 궁금한지, 말 거는 사람들이 많아요."

"대부분은 친절할지 몰라도, 일부 사람들이 아주 무례해요. 특히 상인들이요. 그럴 때는 함께 무례해져야 해요. 웃지 말고, 무례하게, 무시하고 화난 척해요."

단호한 그의 말에 나는 긴장이 풀려 웃음을 터뜨렸다.

"그렇게 웃으면 안 된다니까요. 항상 무표정으로 화난 척하고 다녀요."

그 순간, 드디어 직원이 들어왔다. 표를 다시 끊어주었는데 다른 칸 좌석이었다. 아저씨에게 감사 인사를 전하고 칸을 나왔다.

"여행 잘 하고, 무례하게 다니세요!"

나는 배정받은 칸에 도착해 다시 자리를 잡았다. 아저씨 덕분에 꽁해 있던 기분이 조금은 녹아내렸다. 모로코 사람 입으로 그런 얘기를 듣고 나니 좀 후련해진 것도 같았다.

*

긴장이 조금 풀렸는지 책을 읽고 음악을 듣다가 잠이 들었다. 어느 순간 누군가가 나를 흔드는 기분이 들어 눈을 떴다. 옆자리에 처음 보는 아저씨가 앉아있었다. 전날 나를 옷걸이로 때렸던 상인과 비슷한 풍채와 인상을 지닌 사람이어서 순간적으로 나도 모르게 경계하는 눈초리를 보냈다. 하지만 그는 곧 푸근한 미소를 지으며, 다소 걱정스러운 눈빛으로 내게 말을 걸었다.

"혹시 어디서 내려요? 너무 오래 자고 있어서 내려야 할 곳에서 못 내릴까 봐 깨웠어요."

다행히 내가 내리는 페스는 종점이었고, 아저씨도 같은 곳에서 내린다고 했다. 이번에 만난 아저씨는 택시회사 겸 작은 여행사를 운영하고 있었는데, 내 여행 이야기를 재미있어하며 계속 이것저것 물어보았다. 그러더니 모로코에 있는 동안 사기를 당하지 말라며 택시비를 포함한 각종 시세를 알려주었다. 특히 기차역 바로 앞에서 택시를 타면 기사들이 잘 깎아주지 않으니, 이따가 페스에서 내리면 어디까지 걸어가서 타면 되는지도 설명해 주었다. 갑자기 후원자가 생긴 기분이 들어 든든했다.

이런저런 얘기를 하던 중 아저씨는 누군가의 전화를 받더니 나에게 빈 종이가 있느냐고 물었다. 내가 없다고 하니 작은 명함을 꺼내 뒷면에 무언가를 적기 시작했다.

"페스에서 갑자기 손님을 픽업하게 되었거든요. 직원한 테 갑자기 일이 생겼다네요."

"음, 혹시 거기에 손님 이름을 적어서 들고 계실 건가요? 그건 너무 작아서 손님이 못 보고 지나치지 않을까요?"

주위를 둘러보니 누군가 자리에 두고 간 편지봉투가 있었다. 조심스레 이음선을 뜯어 펼쳐보니, 아주 크진 않지만 내 작은 양손이 들어갈 정도의 크기가 되었다. 명함보다는 그래도 훨씬 잘 보일 터였다. 아저씨는 내게 엄지를 치켜세우며, 역시 여행을 오래 다녀 임기응변이 좋다고 했다. 그러면서 내게 여행사에서 같이 일하자고, 자기 부모님댁에 빈 방이 많으니 숙소 제공도 가능하다고 했다. 자기 아이들에게 영어까지 가르쳐주면 월급도 더 주겠다면서.

"여행이 끝나고 모로코에서 살고 싶어지면 꼭 연락드릴게요!"

기차에 타기 전까지만 해도 나는 모로코를 '예쁘지만 믿을 사람 하나 없는 나라'라고 결론 내렸다. 그런데 이렇게 쾌활한 현지인 두 명과 뜻밖의 대화를 나누다 보니, 내가 내린 결론이 못지않게 무례한 것이었음을 깨달았다.

관광객들을 대상으로 뭐라도 건져내야 하는 관광지에서는 진심 어린 친절을 겪을 확률보다 기분 나쁜 바가지를 당할 확률이 훨씬 높은 법이다. 하지만 그렇다고 해서, 그 나라가 원래 그런 나라인 것은 결코 아니다. 실제로 마라케시에서도 숙소 주인은 늘 싱글벙글, '노 프라블럼!'을 입에 달고 사는 사람이었다. 사하라 사막에 가는 날 아침 일찍 나가야 한다고 하니, 그래도 아침은 먹어야 한다며 그 이른 시간에 빵을 냅킨에 싸서 챙겨주는 자상한 사람이었다. 안 좋은 일을 당했다는 사실을 잊어버릴 수는 없겠지만, 그걸 전체라고 오해하지는 않기로 했다.

며칠 뒤 나는 카사블랑카의 작은 호텔에 도착했다. 모로코에서의 마지막 밤이었다. 그런데 열쇠를 받아 방에 들어가니 화장실 천장에서 샌 물로 바닥이 온통 흥건해져 있었다. 다행히 물이 더 떨어지는 것 같지는 않아서, 로비에 연락해 청소를 부탁했다. 한참 뒤에 젊은 청소부가 올라와서는 대걸레로 쓱쓱 닦더니 금방 나갔다. 감사 인사를 하고 다시 화장실에 들어가 보니, 세면대와 선반에는 여전히 물이 흥건했고, 그곳에 고여 있던 물은 바닥으로 계속 뚝뚝 떨어지고 있었다. 그는 바닥에 있던 물만 대충 걸레로 휘젓고 나간 것이었다.

'역시 마지막까지 쉽지 않은 나라야,'라고 속으로 생각은 했지만 이번에는 그래도 웃음이 났다.

어서오세요

모로코 카사블랑카에서 카타르 도하를 경유해 나미비아 빈트후크로 향하는 중이었다. 계속된 두통에 남은 진통제를 전부 소진한 나는 승무원에게까지 부탁해서 약을 더 받아먹었다. 곧 친구를 만날 생각에 들떠 있기도 했지만, 익숙하지 않은 곳들을 여행하게 될 거라는 생각에 약간의 걱정도 있었다. 거기다 계속 머리가 아프니 어쩔 수 없이 지쳐 있기도 했다. 지침과 걱정은 뫼비우스의 띠처럼 이어졌다.

나는 창가 쪽 세 자리 중 복도석에 앉아있었고, 내 옆에는 한 아이와 그 어머니가 앉아있었다. 아이는 내내 나를 힐끔거리며 쳐다보았고, 그게 귀여워 나는 머리가 아픈 와중에도 눈이 마주칠 때마다 애써 웃어보았다. 그러자 그 아이도 나를 보며 실실 웃었다. 그러다 문득 부끄러운 듯 엄마의 품에 고개를 폭 집어넣었다. 그러자 그 엄마도 나를 보며 미소를 지었다. 우리 세 사람은 서로 말은 한 마디도 하지 않았지만, 그렇게 간간이 서로에게 웃음을 지어 보였다. 마음이 조금 편안해지기 시작했다.

착륙을 앞두고 비행기가 서서히 하강했다. 창밖을 슬쩍 내다보니, 풀숲과 마을들이 드문드문 보였다. 다시 아이가 나를 쳐다보는 게 느껴졌다. 고개를 살짝 내려 아이와 눈을 맞추고 씩 웃어보았다. 그러자 그 아이가 몸을 배배 꼬더니, 아주 작게, 하지만 분명한 발음으로, 한 마디를 건넸다.

"Welcome."

공항에 도착하면 벽에서나 보던 말을 꼬마 아이에게서 들으니 기분이 묘했다. 글자로만 느껴졌던 막연한 말에, 얼굴과 목소리가 더해진 것이다. 그 순간, 나는 잊고 있던 진실 하나를 새삼스럽게 기억해 냈다. 나의 여행지는 누군가의 집이라는 사실을.

나는 아이가 환한 미소와 함께 건넨 그 말을 이후에도 자주 떠올렸다. 원치 않은 상황을 맞닥뜨릴 때, 무의식적으로 내 속에서 경계심이 생겨날 때, 스스로 되새기고 싶었다. 내가 잠깐의 머무름으로 쉽게 판단하는 곳들은, 누군가가 웃고 울며 소중한 일상을 보내는 공간들임을. 나는 그저 그곳을 잠시 엿볼 수 있는 행운을 얻은 행인일 뿐임을.

나의 여행 친구

내게는 '여행 친구'가 있다. 매년 주위 사람들이 '이번 휴가도 그 여행 친구와 같이 가?'라고 할 정도의 친구다. 선배들이 대부분이었던 한 교양수업에서 만난 지원이와 나는, 같은 신입생이라는 동질감으로 금세 친해졌다. 우리는 이듬해 여름방학에 베트남으로 봉사활동을 다녀왔고, 직장인이 된 뒤에는 매년 조금씩 더 먼 곳을 향해 갔다. 몽골에서 밤새 별을 봤고, 네팔 히말라야에서 안나푸르나 베이스캠프 트레킹을 했고, 아이슬란드의 얼어붙는 추위에서 옷을 다 벗어던지고 자연 온천에 뛰어들기도 했다. 나미비아는 우리의 다섯 번째 여행지였다.

1시간 간격으로 도착하기로 되어있던 각자의 비행기가 비슷한 시간에 도착하는 바람에 우리는 빈트후크 공항의 긴

입국심사 대기 줄에서 만났다. 파란 하늘을 배경으로 휘날리던 나미비아 국기 아래 우리는 먼발치에서도 서로를 바로 알아봤다. 항상 인천공항에서 만나 함께 출발을 했는데(베트남에 갈 때는 전날 지원이네 집에서 함께 자고 출발하기도 했다), 이번에는 각자의 여정 끝에 머나먼 빈트후크에서 상봉을 했다.

우리는 발이 푹푹 꺼지는 사구를 힘겹게 올라가기도 했고, 마치 어린 왕자의 행성을 연상케 하는 나무들과 화산석들에 압도되기도 했으며, 해 질 녘 바닷가 산책 후 쓰디쓴 칵테일을 마시며 얼굴이 태양만큼이나 벌겋게 달아오르기도 했다. 밤하늘의 별을 담기 위해 모래 속에 삼각대를 꽂아놓고 사진 찍다가 딱정벌레들에 둘러싸이기도 했고, 캠핑장의 야외 샤워부스에 귀뚜라미들이 날뛰어서 씻는 둥 마는 둥 온몸에 물만 겨우 적시기도 했다. 함께 있는 시간은 처음부터 끝까지 모험이었다. 이제 나미비아는 우리가 만날 때마다 가장 뜨겁게 되풀이되는 주제가 되었다.

"우리 나미비아 여행할 때 숙소마다 화장실 방음 안 됐던 거, 기억나?"

"맞다! 위아래가 뚫려 있거나, 문발 같은 걸로 가려져서 실루엣이 보인다거나 해서 맨날 웃었잖아. 프라이버시 따위는 없다고."

*

"그러니까 말이야, 아니 숙소들 다 시설 괜찮았는데 화장실만 대체 왜 그랬을까?"

"나는 그것도 생각나, 나미브 사막 사구에 올라가서 신발 안에 쌓인 모래 털고 있는데 네가 사진 찍은 거."

"맞아, 그래서 그 다음에 엄청 웃다가 찍힌 사진도 있잖아."

온전히 혼자서 여행지를 누비는 즐거움도 크지만, 소중한 사람과 기억을 공유하는 것 또한 근사한 일이다. 특히 지원이와는 죽이 잘 맞아서 같이 여행할 때마다 좋은 에너지를 많이 얻는다. 즐거운 일이 있으면 더 크게 웃고, 안 좋은 일을 당하면 함께 분노하며 쉽게 잊어버린다. 아무 말 없이 각자 사색에 잠겨 있어도 서로 방해하지 않고 침묵을 존중한다. 서로 툭툭 치며 장난을 걸기 전까지는. 차 안에서 나의 자는 모습을 사진으로 찍는 사람은 지원이밖에 없다. 물론 쌍방이다.

모든 여행은 꿈을 꾸는 것과 같다. 깨고 나면 꽤 많은 기억들은 휘발되고, 아주 단편적인 몇 개의 장면들만이 남는다. 그 기억이 바래지 않도록 오랫동안 붙잡기 위해서는 여러 번 떠올리며 되새기는 수밖에 없다. 그런데 함께 한 여행은, 내가 기억하지 못하는 부분을 함께 했던 이가 대신 간직해 줄 수 있다. 꾼 것조차 잊었던 꿈을, 누군가가 대신 기억해 주는 것. 내가 기억하지 못하는 공간에 퍼즐처럼 자신의 조각을 맞춰주는 것.

　같은 꿈을 꾸고 그 꿈을 함께 기억해 줄 친구가 있다는 사실은 여행을 할 수 있다는 그 자체만큼이나 큰 행운이다. 아직 우리의 꿈이 많이 남아 있었으면 좋겠다. 아니, 그럴 거라 믿는다.

오만과 편견

내가 나미비아 고속도로에서 고래고래 소리를 지르게 될 줄이야. 물론 첫날부터 복선은 충분했다. 시내에 나갔다가 불친절한 식당 직원 때문에 기분이 상했고, 길을 가던 중에는 모르는 사람의 손이 불쑥 튀어나와 앞으로 멘 내 가방을 손으로 잡을 듯 말 듯 쓸고 가서 매우 불쾌했다. 우리가 지날 때마다 차들은 경적을 울리며 '니하오'를 외쳐댔다. 그래도 여행 중에는 깊은 정이 들어서 떠나고 싶지 않았는데, 마지막 날에는 그런 마음을 다 날려버릴 정도로 사건사고가 이어졌다. 여행사를 통해 예약한 공항 차편은 전날 내내 연락이 안 되다가 발을 동동 구르던 중 '10분 뒤에 간다'고 연락이 오지를 않나, 공항에 도착해서는 아무도 출국 게이트를 제대로 일러주지 않아서 모르는 사람들과 함께 우왕좌왕

하지를 않나. 하지만 여행이고 뭐고 다 때려치우고 집에 가고 싶다는 생각이 최고조로 들었던 순간은 공항에 도착하기 직전 고속도로에서였다.

우리를 픽업해 준 차량은 일반 승용차였다. 그런데 고속도로 톨게이트 같은 곳에서 경찰이 갑자기 차를 세우는 것이었다. 현지어로 오가는 대화를 이해할 수는 없었지만, 운전자가 간략히 설명해 준 내용에 따르면 차에 붙이는 어떤 증빙 스티커가 누락되었다는 이야기 같았다. 운전자는 길 건너 사무소에 가서 처리를 하고 오겠다면서 차에서 내렸고, 우리는 뒷좌석에 앉아 기다렸다. 한참이 지나도 운전자가 돌아오지 않아 조금 조급해질 무렵, 갑자기 어떤 남자가 지원이가 앉아있던 쪽 창문을 두드렸다. 노란 조끼를 입고 있었는데, 우리 운전자를 불러 세운 사람과는 옷이 전혀 달랐다. 주위를 둘러보니 우리 차 말고는 서 있는 차가 없었고, 그 남자 말고는 밖에 나와있는 사람도 없었다.

"니하오."

처음에는 무시했다. 그동안 이런 일은 계속 있었고, 쭉 무시해왔다. 이번에도 무시하면 갈 거라고 생각했다.

"니하오."

그러나 그는 가지를 않고 몇 차례 더 두들겼다. 우리는 고민 끝에 경계하며 창문을 살짝 내렸다.

✳

"패스포트. 컴온, 컴온."

다짜고짜 여권을 요구하다니? 이전에도 이런 일이 있었다. 스물두 살 때, 스페인 바르셀로나에서 공사 중인 사그라다 파밀리아 성당[8]으로 걸어가던 중이었다. 갑자기 2~30대로 보이는 남자가 다가오더니 사진을 찍어달라고 했다.

"나는 루마니아에서 왔어, 너는?"

부드러운 인상의 그는 내가 한국에서 왔다고 하니 자기친구의 아버지가 한국에서 일한다고, 자기 주변에도 한국인친구들이 있다며 친근감을 드러냈다. 너도 사그라다 파밀리아 성당에 가냐고 묻기에 그렇다고 했더니 같이 가자고 했다. 함께 걸어가는 길, 그는 서유럽 사람들이 동유럽 사람들을 무시해서 다니기 힘들다는 이야기를 했다.

성당 바로 직전 골목에서, 4~50대로 보이는 남자가 갑자기 나타났다. 무표정으로 경찰이라며 배지를 꺼내 보이더니, 우리 둘에게 어느 나라에서 왔는지를 물어보았다. 황당해할 겨를도 없이, 루마니아인(이라고 주장하는) 남자가 지친다는 듯 대답을 했다.

"우리는 그냥 여행자예요, 왜 자꾸 동유럽 사람들을 이렇게 불러 세우는 거예요? 그리고 저는 루마니아 사람이지만이 친구는 한국 사람이라고요."

---

8 사드라다 파밀리아 성당: 스페인의 세계적인 건축가 안토니오 가우디가 설계한 성당으로, 1882년부터 계속 지어지고 있으며 2026년 완공 예정이라고 한다.

아, 이 친구는 이런 일을 자주 당해봤구나. 그렇다면 그냥 별로 대수롭지 않은 일상적인 검문 같은 거겠구나. 너무도 쉽게 여권을 꺼내는 그의 모습에, 나도 덩달아 의심 없이 여권을 건넸다. 경찰은 우리 둘의 여권을 살펴본 뒤 돌려주고는, 지금 가지고 있는 현금을 꺼내 보라고 했다.

"자, 보세요, 현금 있으면 뭐 어쩌게요."

루마니아인 친구는 이번에도 쉽게 지갑 속 현금을 꺼내 보였다. 내 차례가 되었을 때 나는 이번에도 아무런 의심 없이, 지갑 속 현금을 꺼내 보였다.

원래는 딱 이 타이밍에, 경찰이 현금을 들고 달아난다. 그리고 루마니아인 친구는 쫓아가는 시늉을 하다 유유히 사라진다. 그런데 그들이 알지 못했던 건, 내가 아무리 스물두 살의 어리숙한 여행자일지라도, 현금을 한 곳에 모아놓지는 않았다는 사실이었다. 곳곳에 숨겨둔 덕에 실제 지갑에는 고작 20유로뿐이었다. 그걸 굳이 뺏어서 달릴 가치는 없었는지, 경찰은 정말로 보기만 하고 자리를 떴다. 같이 성당으로 간다던 루마니아인 친구는 갑자기 약속이 있다며 다른 곳으로 사라졌다. 나중에 알게 된 사실이지만 그들은 당시 매우 유명한 2인조 도둑이었다.

루마니아, 아니 스페인 이야기가 생각보다 길어졌는데, 아무튼 경찰을 행세하는 일은 그만큼 여행 중 비일비재하게

*

있다. 돈을 빼앗긴 사람, 여권을 빼앗긴 사람, 납치된 사람, 아주 다양한 피해자들을 보고 들은 적이 있다. 그래서 나는 그 나미비아 경찰을 믿을 수가 없었다. 건들거리는 자세로 손을 흔들며 '니하오'라고 하는 사람에게서 내가 평소 알던 경찰의 모습 같은 건 찾아볼 수가 없었다. 주변에 다른 경찰도 없었고, 우리 운전자가 소환된 이후 다른 직원들이 지나가는 모습조차 보지 못해서 더욱 의심스러웠다.

결국 경계하며, 그러나 살짝 웃으며, 조심스럽게 물어보았다.

"저희 운전자가 이미 사무소에 들어가 있는데요, 저희 여권은 혹시 왜 필요하신 건가요?"

그냥 부드럽게 질문을 했을 뿐인데, 그는 갑자기 험상궂은 표정으로 돌변했다.

"유 돈 세이 와이. 기브 미 패스포트." (이유는 묻지 말고, 어서 여권 줘.)

그러니까 더 이상했다.

"죄송하지만… 조금 이따 우리 운전자 오면 다시 얘기하실래요?"

지원이가 창문을 다시 올렸다. 그랬더니 이번에는 그가 차 문을 확 잡아당겨 열었다. 차 문이 열려 있으리라고는 생각도 못 했다. 우리는 둘 다 깜짝 놀라서 소리를 질렀다. 그 사람은 함께 소리를 지르면서 고압적으로 여권을 당장 내놓으라고 했다.

"왜 그렇게 소리를 지르는데! 여권 안 줄 거야!"

잠깐이었는지는 모르겠지만 한참으로 느껴지던 시간 동안 우리는 고성으로 실랑이를 벌였고, 남자와 비슷한 조끼를 입은 어떤 여자가 저 멀리에서 뛰어왔다.

"죄송합니다. 무슨 문제가 있나요?"

검문소가 있는 것도 아니고 고속도로 한복판에서 갑자기 여권 검사를 하는 것이 이해가 안 가서 물어본 것뿐인데, 이 사람이 다짜고짜 문을 열고 우리를 윽박질렀다고 이야기했다. 그랬더니 마찬가지로 자신을 경찰이라고 소개한 그 여자가 미안하다면서 원래 이곳은 공항으로 가는 길이라 신분 검사를 하는 일이 자주 있다고 설명해 주었다. 나중에 케냐 나이로비에서 공항으로 갈 때 보니, 그곳은 아예 공항으로 가는 고속도로 톨게이트 입구에 검색대 같은 것도 있었다. 하지만 이때까지만 해도 나는 이런 걸 경험하는 게 처음이었다.

다른 경찰이 사과해줘서 마음을 진정시켰지만, 이런 비슷한 수법도 보았기 때문에 이 경찰도 완전히 믿을 수는 없었다. 차에서 여권만 밖으로 내보낼 수는 없어, 차에서 내려서 여권을 건네주었다. 옆에 서 있던 남자 경찰은 끝까지 씩

씩거렸지만, 여자 경찰이 몇 마디 하니 별 대꾸는 하지 않는 듯 보였다. 잠시 뒤 여자 경찰이 여권 확인이 끝났다고 하여 우리는 바로 차에 다시 올라탔다. 그 경찰은 자신의 잘못도 아닌데 끝까지 우리에게 불쾌감을 줘서 미안하다고 대신 사과하면서, 나미비아를 떠나는 날인 것 같은데 부디 좋은 기억만 안고 가기를 바란다고 얘기해 주었다. 덕분에 기분이 조금 풀렸다.

만약 여권이 왜 필요하냐고 물어봤을 때 남자 경찰이 여자 경찰이 답해준 것처럼 설명만 차분히 해줬더라면 바로 내려서 여권을 건네주었을 텐데. 나미비아를 떠나고 며칠이 지난 뒤에도 그때 상황이 황당하고 무서워서 잊히지 않았다. 하지만 이후 여행을 계속 이어가면서, 그리고 당시 상황을 몇 차례 되새겨보니, 어쩌면 그 경찰 역시 나와 같은 편견이 있었던 건 아닐까 하는 생각이 들었다.

내가 경찰 행세를 하는 사기꾼들 때문에 스스로를 '경찰'로 칭하는 사람들에게 경계심이 생겼던 것처럼, 그도 스스로를 '여행자'로 칭하는 사람들로 인해 어려움을 겪은 경험이 있었던 것은 아닐까? 어쩌면 그는 나름대로 친근하게 대해보겠다고 유일하게 아는 아시아 언어로 '니하오'라며 인사를 해본 것이었을 수도 있다. 그 나라에서는 공항 가는 길에 하는 검문이 너무나도 당연한 일이라, '여권을 왜 달라고

하냐'고 묻는 것 자체가 비상식적인 일이었을 수도 있다. 나처럼 생긴 누군가가 여권을 안 주고 도망친 적이 있었는지도 모를 일이다.

그리스 신화에 프로크루스테스, 또는 다마스테스라고 불리는 인물이 있다. 그는 손님을 집으로 초대해 침대에 눕힌 뒤, 침대보다 키가 크면 몸의 남는 부분을 자르고, 키가 작으면 사지가 늘어나도록 망치로 때렸다. 그는 결국 같은 방식으로 죽임을 당한다. 누구에게나 프로크루스테스의 침대가 있다. 여행하면서 마음이 많이 열리는 만큼, 때로는 내가 본 것이 전부라고 판단하며 편견 또한 많이 생길 수 있다는 것을 처음 느꼈다. 나의 경험들이 그 침대를 덜어내지는 못할지언정, 더 단단하게 만들지는 않기를.

고요한 소란

나는 '가장'으로 시작하는 질문들을 들을 때면 긴장된다. 혹시라도 나중에 다른 책, 다른 영화, 다른 여행지가 더 좋아져서 답을 바꾸어 버리면, 거짓말쟁이가 되어버릴까 봐. '죽기 직전 딱 한 곳만 다시 가볼 수 있다면 어디를 가겠냐'는 질문 역시 '가장'이 어딘가에 숨어 있는 질문이었다. 하지만 이상하게도 그 질문에는 '지금은' 혹은 '오늘은'과 같은 조건 없이, 보츠와나의 오카방고 델타가 가장 먼저 튀어나왔다.

사진으로만 보았을 때는 큰 기대가 없었던 곳이다. 그냥 늪지대 같은데 뭐가 그렇게 특별하다는 것인지. 하지만 그곳의 아름다움은 모코로[9]를 타고 미끄러지듯 물 위를 천천

---

9 모코로: 보츠와나의 오카방고 델타나 초베강 등지에서 얕은 물 위를 다니는 작고 좁은 배. 긴 막대기인 폴로 바닥을 밀면서 움직인다. 실제로 밀어보면 꽤나 힘이 들어간다.

히 달리기 시작할 때 비로소 느낄 수 있다. 입도 벙긋할 수 없었던 순간, 마음에 많은 것들이 밀려왔다. 고요한 세상에 들어가면 누구라도 그럴 것이다. 긴 막대로 바닥을 밀어낼 때마다 나는 물소리와, 주변의 긴 풀들이 바람에 비벼지는 소리들만이 아주 작고 잔잔하게 얽혔다. 이곳의 낭만적인 평온함을 실수로라도 깨고 싶지 않았다. 나도 그 속에 하나의 풍경으로 자리 잡고 싶었다. 눈을 살짝 감고 이마로는 따뜻한 햇살을, 손끝으로는 가벼운 바람을, 귀로는 가까운 개구리 소리에 집중했다.

고요함은 모두가 잠든 밤이 되어야만 느낄 수 있는 것인 줄 알았는데, 빛나는 햇살 속에서도 얼마든지 즐길 수 있는 것이었다. 해가 지기 전 잠시 동안의 산책에서는 땅을 밟는 우리의 발소리만이 사각사각 들렸다. 저 멀리 뛰어다니는 얼룩말들과 임팔라들이 힐끔힐끔 우리 쪽을 쳐다보기도 했다. 동물들을 볼 때는 항상 사파리 차량에 탑승해 있었는데, 이곳에서는 맨몸으로 걸으며 보니 너도나도 숨죽이게 되었다. 그들의 조용한 일상을 더더욱 깰 수 없어 우리는 바람 소리 속에 섞이기 위해 서로 속삭였다.

밤에는 고요가 더욱 짙어졌다. 캠핑장 앞 캠프파이어에 옹기종기 모여 앉아 마시멜로를 구워 먹다 올려다본 하늘은 모두가 할 말을 잃기에 충분했다. 흰 천 위에 검은 천을 덮

고, 그 검은 천에 바늘로 촘촘히 구멍을 낸 것만 같았다. 수많은 흰색 빛에 빠져들어, 우리는 점점 세상과 멀어졌다. 잔잔하게 깔린 풀벌레 소리들과 하마의 꿀꿀거리는 울음소리가 아주 간간이 들릴 뿐이었다.

고요함에도 소리가 있었다. 아주 사소한 소리가 선명하게 들릴 때 우리는 비로소 고요함을 인지한다. 종이책을 쓸어 넘기는 소리 덕분에 방이 조용하다는 걸 느끼고, 호수에 첨벙 내려앉는 오리 덕분에 공원이 조용하다는 걸 느끼듯이. 가벼운 소란들은 고요를 더욱 빛내준다. 서로를 방해하지 않을 정도의 조그마한 소음들이 조용하고 평온한 상태를 완성시키는 것이다.

오카방고 델타에서 벌어지는 잔잔한 소란들을 느끼며, 나 역시 그런 사람, 그런 여행자가 되기로 했다. 늘 고요함을 일깨울 정도의 기분 좋은 소란만을 일으키자고, 언제 어디서나 금세 희미해질 정도의 소리만 남기는 사람이 되자고. 그러니 나의 여정이 모두 끝나는 순간이 오면, 그곳에 돌아가서 나를 되돌아보고 싶다. 그 평화로운 소란들 속에 나의 소리를 마지막으로 한 번만 더 내볼 것이다. 나도 그 안에 품어져 고요해질 수 있도록.

산 넘어 산, 물 넘어 물

아프리카를 여행하는 방법으로 트럭킹을 선택한 건 정말 잘한 일이었다. 트럭킹 투어는 버스처럼 개조된 대형 트럭을 타고 캠핑장을 옮겨 다니는 단체 투어이다. 보다 편하고 안전하게 여행할 수 있는 방식이면서, 전 세계 친구들을 사귈 수 있는 멋진 방법이기도 하다. 나는 남아프리카 공화국에서 출발해 보츠와나와 짐바브웨, 잠비아, 말라위, 탄자니아를 거쳐 케냐까지 5주 동안 그렇게 여행했다.

모두가 5주 내내 함께 한 것은 아니었다. 투어 일정은 잠비아와 짐바브웨 국경에 있는 빅토리아 폭포를 기준으로 2주와 3주로 나뉘었고, 앞의 2주 일정만을 소화한 뒤 떠나는 일행들이 일부 있었다. 2주 동안 단 한 번도 떨어져 본 적 없는 사이라 꽤나 정이 들었던 우리는, 헤어지기 전 기념으로 뭐라도 함께 하기로 약속했다. 가장 많이 언급된 건 잠베지 강 래프팅. 그러나 겁이 많은 나는 막연한 두려움에 선뜻 결정하지 못했다.

"이런 곳에서 래프팅을 할 수 있다니, 얼마나 근사한 기회야!"

우기 끝 무렵의 빅토리아 폭포는 힘차게 내려오는 물줄기와 그와 반대로 가득 차오르는 물안개, 그리고 주변의 푸릇푸릇한 나무와 수풀이 부드럽게 어우러져 있었다. 사이사이 햇빛과 쌍무지개는 시원한 폭포가 따뜻해 보이는 마법을 부렸다. 물은 당연히 차가웠다. 물안개가 어찌나 엄청나던지, 한 번은 아예 샤워를 하듯 온몸이 흠뻑 젖는 구간도 있어 추위에 떨었다. 그러나 차가운 물을 뒤집어쓰고도 아름다운 풍경에 행복했다. 결국 나는 친구들의 설득에 넘어가고 말았다.

그러나 래프팅을 하러 가는 길에도 몇 차례 포기의 유혹이 있었다. 차를 타고 가는 길에는 사고가 일어나도 책임을 묻지 않겠다는 동의서에 서명을 해야 했고, 차에서 내려 래프팅 장소까지는 절벽에 가까운 곳을 걸어 내려가야 했다. 구명조끼를 입고 헬멧을 쓰고 노까지 무겁게 든 채로, 아무런 안전장치도 없이.

'여기서 미끄러지면 죽을 수도 있을까?'

래프팅을 할지 말지 그렇게나 오래 고민했는데, 래프팅조차 하지 못하고 죽는다면 한 맺힌 귀신이 될 것 같았다. 발 하나하나 힘을 세게 주며 천천히 내려갔다. 두어 번 곳곳에서 '악!' 소리가 났고 나 역시 돌과 돌 사이를 뛰어넘으며 겁이 확 밀려왔지만, 다행히 큰 사고 없이 모두가 무사히 땅에 도착했다.

　　래프팅의 진짜 복병은 저 절벽을 걸어내려오는 것이었다며, 우리는 모두 웃으며 보트 한 대에 다 함께 올랐다. 그때까지도 계속 긴장을 놓지 않던 나였지만, 막상 물 위를 달리기 시작하니 의외로 재미가 있었다. 박자에 맞추어 함께 노를 젓는 것은 힘이 꽤나 들었지만 나름의 쾌감도 있었다. 친구들 말대로 이날의 진짜 복병은 절벽이었고, 정작 래프팅은 별거 아닌 것 같았다. 지나가기 까다롭다는 몇 개의 급류를 순탄하게 지나갔다. 고작 2주라는 시간이었지만 그간 모든 걸 함께 한 사이였기 때문에 역시 손발이 잘 맞을 수밖에 없다며 다들 뿌듯해했다. 순식간에 래프팅 코스의 절반이 지나갔다.

　　덜컹. 갑자기 내 머리 위에 보트가 있었다. 방금 전 급류를 무사히 통과했다고 생각한 순간이었다. 보트는 정말 순식간에 뒤집어진다는, 굳이 알고 싶지 않은 사실을 알게 되었다. 숨을 쉴 수가 없었다. 몇몇 친구들은 서로 팔다리가 엉켜 있었다는데, 나는 그런 건 전혀 느끼지 못했고 오로지 빨리 숨을 쉬어야겠다는 생각에 몸부림을 쳤다. 물 위로 고개를 내밀기 위해서는 머리 위 보트에서 멀어져야 했다.

드디어 물 밖으로 고개를 내밀어 첫 숨을 들이켠 순간 주변을 보니, 나는 이제 보트 반대편에서 빠른 속도로 떠내려가고 있었다. 물살이 너무 세서, 구명조끼를 입었음에도 내 의지와 상관없이 나는 물 안에 담가졌다 꺼내졌다 했다. 숨을 제대로 쉴 수가 없어 패닉 상태가 되었다. 왼쪽 앞에는 또 급류가 보여 빨리 벗어나야 했다. 하지만 오른쪽으로 헤엄치기 위해 아무리 팔다리를 저어 보아도 앞으로 나아갈 수가 없었다. 힘만 빠지고 물살에 휩쓸려 계속 떠내려갈 뿐이었다.

'끝까지 안 하겠다고 했어야 했는데!'

아까 절벽에서는 래프팅이라도 하고 죽었으면 좋겠다고 생각했는데, 이제는 또 다른 의미로 억울해졌다. 그 고생을 하며 절벽을 걸어내려왔는데 여기서 죽을 거라면 차라리 아까 죽는 게 나았다. 이번에도 한 맺힌 귀신이 되지 않으려면 어떻게든 살아남아야 했다.

아등바등하며 고개를 물 밖으로 내놓으려고 몸부림을 치던 그때, 구세주가 나타났다. 저 멀리 래프팅을 지켜보던 직원 하나가 작은 구조보트를 타고 온 것이다. 나는 손을 최대한 뻗어 보트 앞 손잡이를 겨우 잡았다. 노를 끌어안은 채 한 손으로 손잡이를 잡고 있으려니 너무 힘들었지만, 그래도 믿을 만한 무언가를 잡았다는 사실에 안심이 되었다. 정신을 차리고 보니 보트 뒤 손잡이에는 같은 팀 크리스도 매달려 있었다.

그 상태로 급류를 하나 탔다. 또다시 물속에 깊이 담가졌다 꺼내지며 수면 위아래를 넘나들었다. 이제는 숨을 참는 것조차 지쳐서 입안으로 물이 계속 들어왔다. 그러던 중 크리스가 손잡이를 놓치고 또다시 떠내려가기 시작했다. 정신이 혼미해지는 와중에도 겁이 나서 손잡이를 더욱 꼭 붙잡았다.

그런데 저 멀리 떠내려가던 크리스는 정작 웃고 있었다. 놀이 기구를 타는 모양새였다. 그 모습을 보니 나도 갑자기 헛웃음이 났다. 같은 상황인데 저렇게 즐거워할 수 있다니. 크리스의 웃음 때문인지, 아니면 물살이 약해져 숨 쉬는 것이 조금 편해져서인지, 나도 덩달아 긴장이 조금 풀렸다. 얼마 후 우리는 다시 보트에 올라탔다.

"괜찮아? 엄청 걱정했어."

아무래도 내가 타기 전부터 가장 걱정을 많이 해서였는지, 그리고 크리스와 함께 가장 오래 떠다녀서였는지, 친구들은 나를 가장 많이 걱정해 주었다. 고마우면서도 약간의 부끄러움이 밀려왔다. 나도 웃으면서 여유롭게 그 순간을 즐길 수 있는 사람이었으면 좋았을 것.

"응, 이제 괜찮아. 고마워!"

"오늘 새로운 경험을 한 걸 축하해!"

하지만 새로운 도전을 좋아하는 내게 겁마저 없었다면, 이 세상에 남은 궁금증이 많지 않았을 것 같다. 아직 도전해 볼 것들, 극복해 볼 것들이 많다는 사실이 오히려 내게는 더 위안이 되었다. 속도가 느린 것은 그만의 장점이 있었다. 그렇게 생각하니 기분이 조금 나아졌다.

그날 저녁 식사를 하는 동안 우리의 열띤 토론 주제는 '우리의 보트가 뒤집힌 것은 누구의 탓인가?'였다. 온갖 추측과 증언들이 난무했다. 네가 노 젓기를 그만두자마자 우리가 빠졌다는 둥, 네가 그전부터 계속 반대로 잘못 저었다는 둥.

다시 캠핑장으로 돌아왔을 때, 우리는 래프팅 중에 직원들이 찍어준 사진과 영상 파일을 받을 수 있었다. 판결을 내릴 최종 증거물이었다. 그런데 막상 영상을 보니, 누구의 잘못이랄 것도 없었다. 급류를 무사히 통과했다고 생각해서인지, 모두들 노 젓기를 거의 동시에 멈춘 것이다. 그리고 그 순간, 배가 뒤집히면서 다 같이 한쪽으로 쏠려 떨어져 나가고 말았다. 우리는 결국 끝까지 한 팀이었다.

한 배를 타고, 한 트럭을 타고, 2주 동안 서로의 곁을 단 한 번도 떠난 적 없어서, 서로의 박자에 맞춰진 사이였다.

쳐다보지 못한 산, 오르기라도

"어차피 오를 일도 없는 곳, 멀리서 보기라도 하고 싶었는데 아쉽다."

"그러게."

탄자니아 여행의 하이라이트인 세렝게티와 응고롱고로 분화구를 향해 달리고 있었다. 날씨가 좋으면 먼발치의 킬리만자로가 보인다고 했는데, 아쉽게도 땅 위 모든 공간을 구름이 차지하고 있었다. 그날뿐 아니라, 모든 기회마다 구름의 방해로 인해 코빼기도 보지 못했다. 친구 말대로 오르지도 못할 산, 쳐다보기라도 할 수 있었으면 좋았을 것을.

킬리만자로의 정상은 해발 5,895미터다. 보통 1천 미터 이상 지점에서 트레킹을 시작해, 정상까지 왕복 4박 5일 정도 걸린다고 한다. 그 말을 듣자 대부분의 친구들이 고개를 절레절레 내저었다. 나도 선뜻 '가보고 싶다'는 말을 하지 못했다. 몇 년 전 다녀온 네팔 히말라야 트레킹이 떠올라 갑자기 숨이 턱 막혔다.

네팔에서 친구 지원이와 함께 4,130미터 안나푸르나 베이스캠프까지 왕복 5박 6일간 걸은 적이 있었다. 매일 적게는 7시간, 많게는 10시간 넘게 산행했다. 다리가 아픈 건 그나마 참을 만했는데, 내가 견디기 힘들었던 것은 해발 2천 미터 지점을 넘은 둘째 날부터 시작된 고산병이었다. 처음에는 침대에 앉아 짐가방에서 잠옷을 찾다가 숨이 찼고, 배가 고파야 하는 시점에 입맛이 없었다. 누군가 내 심장을 상자 속에 가둔 채 바늘로 콕콕 찌르는 기분이었다. 그러다 어지럼증과 메스꺼움까지 느껴 억지로도 식사를 할 수가 없는 지경이 되자 걷기가 더욱 힘들어졌다. 다행히 지원이는 그때까지만 해도 고산 증세가 없었는데, 그러다 보니 나 때문에 뒤처질 때마다 미안한 마음도 들었다.

엎친 데 덮친 격으로 최종 목적지인 안나푸르나 베이스캠프로 향하는 넷째 날에는 눈이 잔뜩 내렸다. 쌓인 눈을 헤치며 숨은 점점 더 가빠졌다. 해발 3,600미터, 마지막 휴식 지점인 마차푸차레 베이스캠프에서, 나는 아무래도 포기해야 할 것 같다고 말했다. 이전에도 여러 차례 포기의 유혹이

있었지만 이번에는 정말 한계라고. 가이드는 이 정도의 상태라면 그래도 다녀올 수 있을 거라고 했고, 지원이는 너무 힘들면 쉬라면서도 오를 마음이 있다면 끝까지 도와주겠다며 응원해 주었다. 하지만 너무 지쳐서 아무 소리도 안 들리던 그 순간,

"몸보다 정신이 먼저 포기한대요. 정신에 속지 마세요. (Your mind gives up before your body does. Don't let your mind fool you.)"

그곳에서 처음 만난 한 사진가가 내게 이런 말을 했다. 차가운 벽으로 둘러싸여 있던 머리와 마음에 그 말만이 스며들었다. 불과 며칠 전까지만 해도 나는 걸음 하나하나에만 집중하며 올라가고 있었다. 목적지까지 얼마나 남았는지, 얼마나 더 힘들지, 그런 건 하나도 걱정하지 않았다. 그런데 고산 증세로 인해 몸이 지치기 시작하자 생각과 마음도 점차 그에 휘둘리고 있었다. '남은 길은 더 힘들겠지?'라며 막연하게 상상하고 걱정하니 포기하고 싶어진 것이었다.

자꾸만 위를 올려다보는 건 도움이 되지 않았다. 이전 며칠간 그래왔던 것처럼, 내 발걸음과 내 숨에만 집중하며 천천히 올라가기로 했다. 마침 눈안개 때문에 어디를 보아도 흰 세상이어서 얼마나 올라왔는지도 얼마나 남았는지도 전혀 가늠이 되지 않았다. 그 덕에 다른 생각 없이 꾸준하게

앞으로 걸어갈 수 있었다. 그리고 그 하얀 눈보라를 뚫고, 마침내 눈물과 땀과 콧물이 섞인 채로 베이스캠프에 도달했다. 날씨가 좋지 않아서 베이스캠프에서의 장관은 보지 못했지만, 끝까지 올라왔다는 것만으로 나는 더 이상 욕심이 없었다.

네팔 여행이 아니었다면 나는 세계여행에 도전할 용기조차 내지 못했을 수도 있다. 극한의 상황을 이겨낸 경험이 있다는 것만으로 내게는 '믿는 구석'이 생긴 것이다.

독일의 시인 라이너 마리아 릴케는 '궁금한 문제들을 직접 몸으로 살아보라'고 했다. 그러다 보면 어느 날 자신도 모르게 해답 속에 들어와 살고 있음을 깨닫게 될 거라고. 나는 산이 그 해답을 조금 더 빨리 줄 수 있다고 믿는다. 산에서는 그 어떤 외부의 방해도 없이 사색과 고민에 자유로이 빠져들 수도 있고, 반대로 생각을 완전히 비운 채 멍하니 걸으며 새로운 것들을 받아들일 준비를 할 수도 있다. 산에서의 시간과 공간은 종종 일상에서의 그것들보다 길고 넓다.

삶이 어디로 가는지 모르겠을 때, 슬럼프에 빠졌을 때, 또는 일상이 너무 무료하게 느껴질 때, 킬리만자로가 답이 되어줄 수도 있지 않을까? 생각을 비우고 마음을 비우고 천천히 앞에 놓인 길을 오르다 보면 새로운 의미와 새로운 방향을 찾을 수도 있을 것이다. 그래, 그 정도면 다시 해 볼 만하다.

"아냐, 나는 다음에 다시 와서 꼭 한 번 올라가 볼래."

동물원 밖 동물들

어릴 적 좋아하던 만화책 〈캘빈 앤 홉스〉에 그런 만화가 있었다. 캘빈이 나비를 잡아오자, 홉스가 이렇게 이야기한다. "만약 무지개를 동물원에 가둬 둘 수 있다면 사람들은 정말 그렇게 할 거야. (If people could put rainbows in zoos, they'd do it.)" 그 말을 들은 캘빈은 잡아온 나비를 다시 하늘로 날려 보낸다.

긴 풀들이 있는 길가에 사자가 고개를 쏙 빼고 엎드려 있다. 갈기가 멋들어지게 얼굴을 둘러싸고 있는 수사자다. 천천히 차를 타고 그 앞을 지나간다. 사자의 시선은 우리 차에, 어쩌면 내 눈에 고정되어 있다. 사자의 고개가 천천히 나를 따라 움직이더니, 갑자기 벌떡 일어난다. 순간 숨이 멎는다. 하지만 사자는 급하지 않다. 유유히, 우리 옆을 지나간다. 손을 뻗으면 닿을 정도의 거리다. 차들을 아랑곳하지 않고 앞질러 간 사자를 천천히 뒤따라 가본다. 암사자 세 마리가 도로에 엎드려 누워있다. 수사자도 그 옆에 같이 엎드린다. 분명 가만히 있을 때나 걸을 때는 위엄 있었는데, 무리와 함께 누워 있으니 자기 꼬리를 가지고 논다. 영락없는 고양이다.

길목을 막은 사자를 뒤로하니 코끼리들이 있다. 귀여운 새끼에게 가까이 갈라 하면 어미 코끼리가 발을 구르며 쫓아오기도 한다. 그러면 내 지난 인생이 주마등처럼 스쳐 지나가는 경험을 할 수 있다. 임팔라와 같은 초식 동물 무리 근처에 있다고 해서 마냥 긴장을 늦출 수 있는 것도 아니었다. 그 뒤에는 하이에나나 아프리카 들개와 같은 포식동물들이 무리를 지어 쫓아오는 일이 자주 있기 때문이다. 근처 물가도 결코 잔잔하지 않다. 그 속에도 늘 신비롭고 위험한 생명체들이 있다. 보기만 해도 무서운 악어, 멀리서 볼 때는 귀엽지만 물 밖으로 나와있으면 무서워지는 하마.

7개 장소에서 14일의 사파리 투어를 했다. 현지에서는 게임 드라이브라고 한다. 게임이라는 용어는 사냥감을 지칭할 때도 쓰는 말이라 마음 한편이 불편할 때도 있었다. 하긴, 빅 5라는 말도 있다. 사자, 코끼리, 코뿔소, 물소, 표범을 지칭하는 용어다. 나는 그게 사파리에서 누구나 한 번쯤 꼭 보기를 원하는 대표적인 동물 리스트인 줄 알았다. 하지만 나중에 알고 보니, 이 이름이 처음 생긴 것은 사냥 때문이라고 했다. 이 다섯 동물들을 사냥하는 것이 가장 어려워서 붙여진 이름인 것이다. 물론 이제는 사파리 투어의 목적처럼 불리는 이름이 되었지만, 인간은 참으로 인간중심적이다.

동물들에게는 동물들만의 규칙이 있고, 생각이 있고, 감정이 있다. 얼룩말들과 윌더비스트들은 포식동물들에게서 스스로를 보호하기 위해 같이 다닐 정도로 전략적이며, 코끼리들의 기억력은 한 번 만난 코끼리를, 심지어 사람도, 웬만해서 잊지 않을 정도로 뛰어나다. 그 영리한 생명체들이 인간에게 가치가 있는 무언가를 지닌 탓에 죽임을 당하거나 지구 반대편의 동물원에 가둬진다는 슬픈 사실은, 도심에선 그다지 크게 문제삼지 않는다. 겨울에 영하 20도 넘게 떨어지는 캐나다의 동물원에서 남은 여생을 살아야 하는 사자의 권리는 어디로 사라진 걸까.

"모두가 아프리카에 갈 수 있는 건 아니잖아? 멸종 위기 동물들도 보호해야 하고. 그러니까 동물원은 필요해."

그러나 많은 동물들이 멸종 위기를 겪고 있는 이유는 대체로 인간 때문이다. 코끼리의 상아는 인간의 장식품을 위한 것이 아니고, 원숭이는 사람들을 즐겁게 해주기 위한 동물이 아니다. 원래부터 그런 건 없다. 인간의 볼 권리라는 것도, 그걸 충족시켜줘야 하는 동물의 의무라는 것도. 어떤 이유로든 원치 않는 곳에 가둬지고 주어진 음식만을 받아먹을 수 있는 건 감옥일 뿐, 집도 보호소도 아니다.

탄자니아 세렝게티 초원에서 11,000km 넘게 떨어진 호주에 필립 아일랜드라는 곳이 있다. 쇤부른 펭귄, 아주 작은 크기라 요정펭귄이라고도 불리는 펭귄 종이 서식하는 곳이다. 그곳에서는 어두운 저녁이 되면 펭귄들이 바다에서의 하루를 마치고 해변의 집으로 돌아가는 길목을 구경할 수 있다. 나는 지하에 위치한 관찰 장소를 예약했다. 아주 작게 지상으로 솟아 있는 건물이었는데, 작은 펭귄들의 키만큼만 좁게 창문이 나 있었다. 사람들의 몸은 지하에 있고 고개만 겨우 땅 위로 올려 밖을 구경할 수 있는 곳이었다. 고개를 가까이 대면 펭귄들이 바로 눈앞으로 지나갔다. 펭귄들이 올 때가 되면 모든 불이 꺼지고, 사진 촬영은 무조건 금지다. 혹시라도 셔터 소리나 플래시에 펭귄들이 불빛과 사람들을 보고 놀라면, 집을 버리고 다른 곳으로 이동을 하는 등 생태계에 큰 영향을 미칠 수도 있기 때문이다. 귀여운 펭귄들 수백 마리가 뒤뚱뒤뚱 집으로 돌아가는 풍경은 그 무엇과도 바꿀 수 없는 진귀하면서도 행복해지는 풍경이었지만,

*

그걸 지속적으로 누리기 위해서는 모두의 주의가 필요했다.

구경을 마치고 나니 깜깜한 밤이 되었다. 나무 산책로에는 사람들이 길을 잃지 않을 정도의 불빛만이 간간이 켜져 있었다. 도로로 되돌아 나가는 길, 펭귄 한 마리가 산책로 위로 올라왔다. 관리원들은 펭귄은 건드리지 않은 채 사람들을 펭귄으로부터 멀리, 은은한 산책로 불빛조차 닿지 않는 양쪽 어둠 속으로 깊숙이 몰아넣었다. 펭귄이 사람들 무리를 발견하면 무서워할 수도 있으니 숨겨버린 것이다. 그리고 모두를 조용히 시켰다. 사람들은 일제히 그 안내를 따랐다. 어리둥절하며 주위를 천천히 살펴보던 펭귄은, 잠시 뒤 스스로 자기 길을 다시 찾아 떠났다.

인간이 해야 할 일은 동물들을 위한 새로운 보금자리를 마련하는 것이 아니라, 처음부터 그들이 집을 잃지 않도록 도와주는 것이다.

닭다리의 최후

5주간 함께 트럭킹을 했던 일행들은 대부분 성격이 둥글둥글했지만, 어딜 가나 한 명쯤은 그렇듯 찬물을 끼얹는 사람도 있었다. '오늘 오랜만에 저녁 메뉴가 닭고기라 좋네.'라고 하면 '뼈가 너무 많아. 난 이렇게 요리 안 해.'라고 말하는 사람이었고, 가이드가 '도로 상태가 안 좋아서 다음 목적지까지 오래 걸린다'고 하면 '지도 상으로는 바로 옆인데 왜 그렇게 오래 걸리는 거죠?'라며 할 말을 잃게 만드는 사람이었다. 밤에 야생동물이 지날 수 있으니 일렬로 텐트를 치라고 해도 고집을 부려 결국 남들이 옮기게끔 했고, 매일 돌아가면서 맡아 하는 당번 활동조차 제대로 한 적이 없었다. 요리 담당이면 요리할 시간에, 설거지 담당이면 모두가 식사를 마칠 시간에 갑자기 샤워를 한다며 사라지곤 했다. 자신이 하고 싶은 일이면 남에게 피해를 주더라도 꼭 해야 하는 사람이었고, 자기 눈으로 확인하기 전에는 가이드의 말도 절대 믿지 않아 여러 사람을 피곤하게 하는 사람이었다.

결국 일이 크게 터진 것은 5주 여정의 막바지, 탄자니아 세렝게티에 가는 날이었다. 세렝게티에 가기 전 근처의 응고롱고로 분화구에서 사파리 투어를 했다. 아주 비옥한 곳이라 동물들이 이주도 잘 안 하고 밀집해 있어 정말 여러 종류의 동물들을 쉽게 볼 수 있는 곳이었다. 고개만 돌리면 얼룩말이 떼로 있다가 또 고개를 돌리면 사자 가족이 있었고, 멸종 위기의 코뿔소와 귀가 푸른 아프리카 살쾡이도 보였다. 그간 여러 곳에서 사파리 투어를 해왔지만, 이렇게 가까이에서 한 번에 여러 동물들을 볼 수 있었던 것은 오랜만의 일이었다. 그 덕에 모두들 기분이 들떴던 오전이었다.

"동물이 너무 많으니 집중해서 사진을 찍을 수가 없네. 아까 거기 좀 다시 가면 안 돼요?"

우리는 두 대의 트럭에 나누어 탑승하고 있었는데, 늘 그렇듯 그가 탑승한 차의 사람들은 그렇게까지 기분이 들뜨지는 않았다고 했다. 그 차는 그가 완벽한 코끼리 사진을 건지기 전까지 움직이지 못해서, 잠깐 나타났다 사라진 아프리카 살쾡이도 보지 못했다. 다행히도 나는 다른 차에 타고 있었다.

얼마 후 분화구 내 호수 앞에 차를 세워놓고 점심식사를 하는 시간이 되었다. 우리는 각자 도시락을 하나씩 받았는데, 거기에는 각각 튀긴 닭다리 한 조각, 샌드위치, 빵 등이 들어있었다. 가이드는 밖에서 도시락을 먹으면 야생동물들이 쫓아올 수 있으니 반드시 차 안에서 식사를 마친 뒤에 내릴 것을 당부했다. 우리 차에 탄 일행은 모두 얌전하게 차 안에 앉아서 식사를 했다. 얼마 후 가장 먼저 식사를 마친 친구 한 명이 화장실에 다녀오겠다며 내렸다. 그는 잠시 뒤 잔뜩 신난 표정으로 다시 올라탔다.

　"빌리 있잖아, 독수리가 닭고기 낚아채갔대!"

　역시나 고집불통 불만 천지 빌리는 도시락을 들고 가장 풍광 좋은 자리를 잡고 먹으려던 것이었다. 하지만 도시락을 열어 닭다리를 꺼내 든 순간, 독수리가 날아들어 닭다리를 낚아채버리고 만 것이다. 당시에는 고소하다며 모두 웃고 떠들었지만, 생각해 보면 빌리가 정말 크게 다칠 수도 있었던 위험한 순간이었다. 다행히도 날아들었던 독수리가 새끼였는지 아주 큰 편은 아니었고, 빌리 또한 한 손으로는 닭다리를 들고 있었지만 다른 한 손으로는 땅에 떨어진 포크를 줍느라 자세를 한껏 낮춘 상태였다고 했다.

　이야기를 듣고 난 후 차에서 내려 화장실에 다녀오는 길, 빌리가 얼이 빠진 채로 차에 올라타는 모습을 보았다.

＊

"괜찮아?"

"응."

빌리는 한숨을 크게 쉬며 애꿎은 안경만 한참 매만진 뒤 차에 다시 올라탔다. 그날 저녁에도 그는 말이 거의 없었다. 낮에 웃던 친구들도 막상 그의 의기소침한 모습을 보니 안타까운 마음이 드는 모양이었다. 너도나도 한 마디씩 건네며 걱정스러운 시선을 보냈다. 빌리는 그날만큼은 저녁식사에 대한 불만을 한 마디도 내비치지 않고, 일찍 자신의 텐트로 돌아갔다.

닭다리 사건 며칠 후 트럭킹 투어는 종료되었다. 그 후 그가 또 저 멀리 여행을 떠났다는 소식은 들었지만 사건 이후 그가 변했는지는 모르겠다. 그저 한 번의 불운으로 치부했을지도 모를 일이다. 그러나 적어도 그 자리에 함께 있던 우리에게는 일종의 표지판 역할을 하는 사건이 되었다. 한 번쯤 경고문을 어겨보고 싶은 마음이 들 때마다, 재빨리 유혹을 털어버리게 된 것이다. 독수리가 다가올 틈을 주지 말자고.

낭만과 꾀죄죄함 사이 어딘가

.

와이파이존

트럭킹의 첫 캠핑장은 시설이 굉장히 좋았다. 무려 통유리창으로 장식된 리셉션 건물이 있는 캠핑장이라니. 사실은 리셉션이라는 것이 있기만 해도 꽤 괜찮은 캠핑장이다. 아무튼 첫 캠핑장에 도착하자마자 우리가 가장 먼저 한 건 리셉션 건물로 달려가는 일이었다. 오로지 와이파이 때문이었다. 고작 7시간 달렸을 뿐이었는데 첫날이라 어지간히 답답했나 보다. 모든 대화가 중단되고 각자의 화면에 집중하며 저녁을 다 보냈다. 누군가 '일주일쯤 뒤에는 와이파이 같은 거 중요하지 않겠지?'라고 했고, 모두가 동의했다. 하지만 틀렸다. 아프리카 여행을 마칠 때까지 와이파이는 매우 중요했다. 다만 달라진 게 있다면 와이파이존에 있어도 서로

간의 대화는 오히려 더 활발해졌다는 것.

가까워지려면

보츠와나 마운에서 오카방고 델타로 이동하는 길, 오픈된 트럭을 타고 있었다. 좌석이 제대로 구분된 건 아니었고, 길쭉한 벤치가 있어 옆으로 쪼르르 앉아 가고 있었다. 늘 그렇듯 이날도 매우 덜컹거려서, 엉덩이가 종종 들썩이곤 했다. 그런데 한 번은 너무 크게 덜컹거리고 말았다. 내 엉덩이는 허공을 날아 옆 사람 무릎 위에 내려앉았다. 자넬과 함께 신혼여행을 온 크리스의 무릎이었다. 다 같이 엄청 웃었지만 나는 어찌나 민망하던지. 하지만 우리가 정말 친해진 건 그때부터였다.

손

오카방고 델타의 마을을 걷는 길, 내 손에 무언가가 들어왔다. 어디서 나타났는지, 꼬마 아가씨가 내 손을 슬그머니 잡은 것이다. 이름은 캐런이라고 했다. 나는 캐런에게 물도 주고 도넛도 주었지만, 작은 한 손으로 받을 뿐, 다른 한 손은 계속해서 내 손을 꼭 잡았다. 너무나 사랑스러웠다.

"캐런이 이대로 손 안 놓으면 우리 캠핑장으로 데려가도 되나?"

"아, 정말 그러고 싶다! 너무 귀여워. 우리 팀 마스코트가 되는 거지."

그러나 우리가 마을 아이들에게 비스킷을 한 상자씩 나눠주기 시작하자, 캐런은 그제야 기다렸다는 듯 내 손을 탁 놓고는 두 손으로 비스킷을 들고 유유히 사라져 버렸다.

"네가 좋았던 게 아니라 비스킷을 기다렸나 봐. 빨리 좀 주지 그랬어."

"시끄러워."

하루라도 장난을 안 치면

아침부터 편두통에 시달렸다. 약도 전혀 소용이 없었다. 말라위 호숫가 캠핑장에 도착했을 때, 친구들은 텐트 치는 것도 도와주었고, 그날 내가 해야 했던 식사 당번 일도 도와주었다. 나는 나 대신 채소를 썰던 아만다 옆에 앉아 바람을 쐬었다. 멀리서 폼이 걸어오더니 괜찮냐고 물었다. 나는 조금 나아진 것 같다고, 자고 나면 괜찮아질 것 같다고 했다. 그 순간, 옆에 서 있던 트럭 뒤로 꽤나 두툼한 애벌레가 기어가는 것이 보였다. 아무리 심한 편두통일지라도 이건 참을 수 없지.

"폼, 트럭 뒤에 한 번 봐 봐, 너무 예쁜 게 있어!"

"뭔데, 뭔데? … 악! 머리 아픈 거 맞아? 그 와중에 그렇게 놀리고 싶어?"

"응, 너 놀리는 게 제일 재밌어. 이제 머리 좀 나은 것 같다!"

부시부시

텐트 안에서 자는 시간만큼을 도로 위에서 보냈다. 매일 짧게는 대여섯 시간, 길게는 열서너 시간을 이동했고 우리는 그동안 자거나 음악을 듣거나 책을 읽거나 수다를 떨거나 멍하니 공상을 했다. 이동시간이 너무 길거나 중간에 들를 만한 곳이 전혀 없는 날은 화장실 대신에 2시간에 한 번씩 풀숲에 멈춰 서서 볼일을 해결하곤 했다. 우리는 그걸 '부시부시'라고 불렀다. 처음에는 서로 쭈뼛쭈뼛, 어찌할 줄을 몰랐다. 한 명이 다녀와야 다음 사람이 겨우 들어갈 용기를 냈다. 하지만 반복학습은 언제 어디서든 효과적이다. 투어가 끝날 때쯤 우리는 차가 서기 무섭게 왼쪽으로는 여자들이, 오른쪽으로는 남자들이 가서 체계적으로 흩어졌고, '서로에게 방해되지는 않지만 너무 떨어지지는 않는' 황금배치를 찾아냈다. 삼삼오오 형성된 '부시부시'팀들의 단결이 이뤄낸 쾌거였다.

한국어 통역

탄자니아 잔지바르로 가는 페리 안, 뱃멀미 때문에 머리를 뒤로 기대고 가만히 앉아있었다. 갑자기 뒤에서 크리스와 자넬이 말을 걸었다.

"저거 영화, 소리가 안 들려. 통역 좀 해줘."

"뭐?"

"저 자막, 한국어 아니야?"

배 안에서 영화를 틀어주고 있었다. 할리우드 영화였는데 소리는 아주 작게 들리고 있었고, 한국어 자막이 있었다. 그런데 자막도 엉망이었다. 어디서 불법 저작물을 가져다가 틀어 놓은 모양이었다. 한국인이 호주인에게 미국 영화를 통역해 주는 기이한 장면이 벌어졌다.

해변의 패션쇼

많은 아프리카 국가들에서는 패턴이 화려한 옷을 많이 팔고 또 입는다. 다 너무나 예뻐서 누군가가 무언가를 입고 있는 걸 볼 때마다 사고 싶었다. 드디어 잔지바르에서 기회가 생겼다. 여러 벌의 스커트를 대보고 입어보다 나는 결국 두 벌을 샀다. 다행히 지금까지도 매해 여름마다 꺼내 입을 정도로 좋아하는 스커트들이다. 맨날 운동복 차림으로 다니던 우리는 그날 저녁만큼은 다 같이 아주 오랜만에 스커트를 입고 해변에 차려진 바비큐 뷔페를 즐겼다. 가끔 스커트를 입었다는 사실을 까먹고 뛰어다니다 못해 날아다녀서 조금 문제였지만.

'지금 엄마한테 전화하면 집에 계실까요?'

탄자니아의 한 캠핑장에는 재미난 책이 두 권 있다. 캠핑하러 온 사람들이 여행 중에 들은 멍청한 질문들을 펜으로 적어 넣은 책들이다. 한 권의 제목은 'If I phone my mum now, will she be home?(지금 엄마한테 전화하면 집에 계실까요?), 다른 한 권의 제목은 'How many animals in the Big Five?'(빅5[10]에는 몇 가지 동물이 있는 거죠?)이다. 첫 번째 책 제목은 시차를 굳이 가이드에게 물어보면서 본인 엄마의 스케줄까지 물어본 말실수이고, 두 번째 책 제목은 빅5라는 이름을 깊이 생각하지 못해서 한 말실수이다. 책들 속에는 정말로 바보 같은 질문(비가 오면 동물들은 밖으로 안 나오나요?)도 있었고, 무례한 질문(아시아인들은 찢어진 눈으로 잘 보이나요?)도 있었다.

불명예스럽게도 나도 이름을 올리게 되었다. 마지막 사파리 투어에서 일어난 일이었다. 보통의 사파리 트럭은 창문이 없고 앞뒤와 옆면이 모두 뚫려 있어, 그 어떤 반사나 방해 없이 풍경과 동물 사진을 편하게 찍을 수 있다. 하지만

---

10 빅 5(Big 5): 사자, 코끼리, 코뿔소, 물소, 표범을 지칭하는 사파리 용어. 그 유래는 앞의 〈동물원 밖 동물들〉 참조.

그날 탄 차량은 유리창이 있는 일반 차량 같았다. 대신 뒷좌석은 천장을 위로 열 수 있어서, 자리에서 일어나 고개를 밖으로 내밀면 유리창의 방해 없이 사진을 찍을 수 있었다. 나는 뒷좌석에 앉아있어서 다행히 그런 식으로 막힘없이 풍경을 즐길 수 있었다. 하지만 운전자석과 조수석은 천장조차 열리지 않아서, 계속 자리에 앉아 유리창 너머의 세상만 볼수 있었다. 계속 앞에만 앉아 있으면 사진을 찍기도 힘들뿐더러 답답할 수 있을 것 같았다. 그래서 조수석에 앉아있던 우리 팀 최고 연장자 마이크에게 혹시 불편하면 중간에 자리를 바꿔드리겠다고 나름 배려의 뜻으로 건네려던 말이,

"마이크, 맨 앞에 앉으면 잘 안 보이지 않아요?"라고 나와버렸다.

"오, 엄청나게 큰 유리창이 앞에도 옆에도 있으니 당연히 아무것도 안 보이지! 걱정해 줘서 고마워!"

유쾌한 마이크 덕에 말실수의 여파는 더욱더 오래갔다.

확률
"우리가 이렇게 다 같이 다시 모일 확률은 얼마나 될까?"
"음… 그건 거의 0%에 가깝지 않을까?"
"그럼 우리가 서로 한 명씩이라도 다시 만날 확률은?"
"그건 자신 있게 100%!"

모두 조용히 웃음을 지었다. 서로의 눈을 바라보면 눈물이 떨어질 것 같아, 우리는 꽉 끌어안아버렸다. 서로의 등에 올린 손이 따뜻했다.

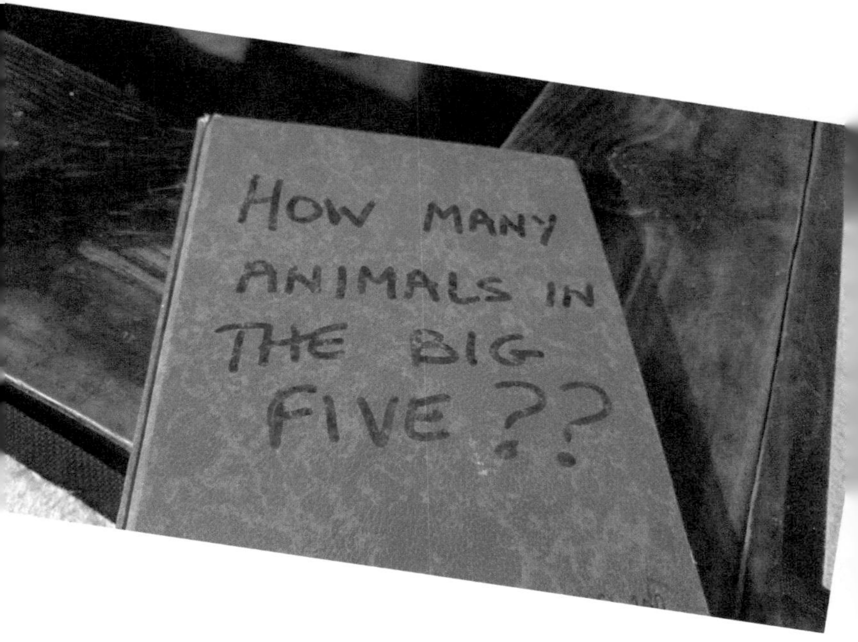

3부

마음과
믿음

거기, 여자 혼자 여행하기 괜찮아요?

혼자 여행을 다녀왔다고 하면 자주 받는 질문이 있다.

"거기, 여자 혼자 여행하기 괜찮아요?"

나는 단 한 번도 이 질문에 긍정의 대답을 한 적이 없다. 그게 세상 어디라도, 혹시나 나의 확신에 찬 말만 믿고 긴장을 늦출까 봐 그저 애매하게 대답한다.

"저는 웬만하면 밤늦게 혼자 안 다니고 사람 많은 곳들 위주로 다녀서 별일은 없었어요. 그래도 조심하는 게 좋겠죠."

질문의 의도는 다양하다. 때로는 본인도 혼자 여행을 계획하고 있어서, 때로는 그 나라의 위험도를 가늠해 보기 위해서, 때로는 그저 내게 별일 없었을까 걱정이 되어서. 특히 익숙하지 않은 나라의 이름을 대면, 풍경이나 감상에 대한 질문에 앞서 안전에 대한 질문을 더 많이 듣곤 한다.

그러나 모두가 그런 것은 아니다. 유럽에서 만났던 한 20대 여학생은 인생에서 도전과 경험이 가장 중요하다고 믿는, 세계 곳곳으로 여행하기 위해 힘든 봉사활동이나 아르바이트도 마다하지 않는 멋진 사람이었다. 다음 행선지는 아프리카라면서 나의 여행에 관심을 가졌다. 하지만 그는 평소 최대한 안전한 방법을 택하는 나와는 완전히 반대되는 성향의 사람이었다.

"저는 최대한 많은 일을 겪으면서 성취감을 느끼고 싶어요. 아프리카를 걸어서 종단해 보고 싶고, 길바닥에 침낭을 펴고 노숙도 해보고 싶어요!"

어쩔 수 없는 상황이라면 모르겠지만, 굳이 그렇게 위험한 상황을 먼저 만들 필요가 있을까 싶어, 걱정되는 마음을 조심스레 전했다. 하지만 그는 완고하게, 아프리카에서 노숙을 여러 차례 했던 사람을 만난 적이 있었는데 아무 일도 없었다면서 자신도 해낼 수 있다고 했다. 내가 보기에 그는 이미 많은 것을 성취했는데, 그걸로는 부족했나 보다.

소매치기에게 여행 경비와 여권을 털린 이야기, 둔기에 맞아 기절을 한 이야기, 목에 서늘한 칼날 혹은 뒤통수에 총부리가 느껴진 이야기. 그런 이야기들은 때로는 경고성의 메시지로, 그러나 때로는 무용담으로 전해지고 퍼진다. 결국 그 학생이 어떤 여행을 했는지 나는 알 수 없지만, 나의 생각은 지금도 변하지 않았다. 그 어떤 여행도 그 어떤 경험도, 목숨을 걸 정도로 소중하지는 않을 것이라고. 성취하는 것과 살아남는 것은 다른 거고, 모험과 위험은 다른 거라고.

낯선 곳에서의 안전은 그 누구에게도 보장되어 있지 않다. 안전은 늘 상대적이고, 같은 나라일지라도 상황에 따라, 운에 따라, 체감되는 것이 전혀 다를 수도 있다. 흔히 위험하다고 여겨지는 남미와 아프리카에서 아무렇지 않다가 상대적으로 선진국으로 알려진 북미나 유럽에서 사고를 당하기도 하는 법이고, 혼자 여행한 여자는 무사히 돌아온 곳에서 여럿이 여행한 남자들이 위협을 당하기도 하는 법이다. 그러므로 어떤 특정 나라가 안전한지 아닌지에 대한 고민은 별로 소용이 없다. 그 나라의 범죄율 역시 중요하지 않다. 0.5%, 20%, 50%의 확률 놀이는, 나에게 일어나는 순간 순식간에 100%가 되니까.

그러니 '여자 혼자 여행하기 괜찮은 곳'인지, '밤에 돌아다녀도 괜찮은 곳'인지에 대한 질문에 대한 답변은 결코 명료할 수 없다. 그럼에도 내 주변 사람들은, 여행 전에 한 번쯤은 꼭 물어보았으면 좋겠다. 만족스러운 답변을 받기 위해서가 아니라, 그저 여행 준비 절차 중 하나로. 모두가 안전한 세상이 오기 전까지는 딱히 방도가 없으니까.

나의 소중한 사람들이 부디 모두 안전하게 여행했으면
좋겠다.

마음과 믿음

"세상에서 가장 어려운 일은 사람이 사람의 마음을 얻는 일이야."

생텍쥐페리의 〈어린 왕자〉에서 여우가 한 말이라며 여기 저기 떠돌아다니는 문장이다. 그러나 나는 아직도 이 문장의 출처를 찾지 못했다. 여러 차례 읽어온 책이었지만 혹시나 내가 놓친 부분이 있을까 봐, 못하는 프랑스어를 쥐어짜내며 사전의 도움을 빌려 원서까지 살펴본 적이 있다. 그러나 책 속 여우의 말들은 내가 기억하던 것처럼 '네가 4시에 온다면 나는 3시부터 행복할 거야', '황금빛 물결을 보면 너를 생각할 거야'와 같은 시적인 표현들뿐이었다.

아무래도 누군가가 착각하여 온라인상에 공유한 잘못된 구절을, 다른 사람들이 이곳저곳으로 퍼 나른 것 같다. 나의 호기심을 잠재울 수 있는 결론은 그것뿐이었다(출처를 아는 사람은 부디 내게 알려달라). 정보의 폭우가 아닌 홍수라고 표현하는 데에는 이유가 있을 것이다. 폭우는 잠시 피해볼 기회라도 있지만 홍수 속에서는 생각할 겨를도 없이 이리저리 떠밀리게 되니까.

포르투갈 리스본에도 존재하지 않는 구절 같은 것이 있었다. 리스본의 유명 관광지 벨렝 지구는 에그타르트로도 유명하지만, 무엇보다도 찬란했던(포르투갈의 입장에서 찬란했던) 15-16세기 대항해시대의 유적들을 많이 찾아볼 수 있는 곳이었다. 벨렝 지구의 중심에는 우아한 회랑과 유명인들의 무덤으로 잘 알려진 제로니무스 수도원이 줄지어 들어오는 관광객들을 반기고, 강가로 걸어 나가면 포르투갈 탐험가들을 배웅하고 맞이했던 벨렝 탑이 서 있다.

타구스강이 대서양을 만나는 지점 위에 세워진 벨렝 탑에서 강가를 따라 조금만 걸어 들어가면 대항해시대를 기리는 발견 기념비라는 것이 있다. 그곳에는 수많은 탐험가와 성직자, 작가, 후원자들이 입체적으로 조각되어 있다. 해양왕으로 불리는 엔리케왕을 중심으로, 최초로 세계일주를 한 마젤란, 제로니무스 수도원에 묻힌 항해자 바스코 다 가마와 포르투갈의 국민 작가 루이스 드 카몽이스 등이 있다.

그런데 생각보다 많은 사람들이, 이 발견 기념비에 크리스토퍼 콜럼버스도 조각되어 있다는 이야기를 한다. 아무래도 우리에게 가장 익숙한 유럽의 탐험가는 콜럼버스이기 때문일까. 하지만 콜럼버스는 포르투갈에 살았던 적은 있어도, 이탈리아 제노바 출신으로 알려진 데다 에스파냐 여왕의 후원으로 항해를 한 인물이다. 적어도 이 기념비에는 그의 자리가 없다.

가벼운 한 줄이 이토록 쉽게 구석구석 퍼져 나갈 수 있다니. 사람의 마음을 얻는 일은 세상에서 가장 어려울지 몰라도, 사람의 믿음을 얻는 일은 생각보다 아주 쉬운 일일지도 모르겠다.

*

때때로 라벤더 오일이 필요할지도

포르투갈 리스본에서 남부 해안가의 작은 마을 라구스로 향하던 아침, 그날도 어김없이 휴대폰 진동이 울렸다. 말라리아 약 알람이었다. 이미 말라리아 위험 지역을 벗어난 상태였지만, 이 약은 방문 이후에도 며칠간 계속 먹어야 했다. 44알을 거의 다 먹어가는데도 여전히 알람이 울리기 전에는 깜빡 잊기 일쑤였다. 그래서 아프리카 여행 중에는 알람을 하루에 두 번씩 맞춰놓곤 했었다. 물론, 나만 그런 건 아니었다. 트럭에서 누군가의 알람이 울리면, 그게 모두 말라리아 약 알람은 아니더라도, 우리는 마치 파블로프의 개처럼 누워 있다가도 벌떡 일어나 '나 오늘 약 먹었나?' 기억을 더듬곤 했다. 약을 먹을 때는 옆에 있는 사람 아무나 붙잡고 '자 봐, 나 오늘 약 먹는다' 하며 동네방네 알리기도 했었다.

＊

하지만 이제는 더 이상 그런 보험이 없었기 때문에, 금세 잊어버릴 세라 알람을 끄자마자 얼른 약을 꺼내 먹었다.

열 시간 넘는 버스 여행에 익숙해져 있던 내게 리스본에서 라구스까지의 여정은 눈 깜짝할 새로 느껴졌다. 버스 창문에서부터 마주한 라구스의 첫인상은 아주 만족스러웠다. 사전 조사 없이, 아프리카 여행이 끝날 무렵 '포르투갈에 다녀온 적 있는 사람?'이라고 외쳐 얻은 행선지인 것을 감안하면, 정말 훌륭한 선택이었다. 멋진 해안선을 보기 위해 택한 곳이었지만, 마을 자체도 어찌나 아름답던지. 온 동네가 하얗게 칠해져 화사했고, 거기다 보랏빛 꽃들까지 곳곳에 피어 있어 골목길들은 더욱 아기자기했다. 기대했던 해안가 절벽 풍경도 친구가 얘기해 준 것만큼 환상적이었다. 시선이 닿는 곳마다 다양한 모양의 바닷가 기암들이 나를 계속 앞으로 잡아 끌어서, 뜨거운 더위에도 나는 걸음을 멈추지 못했다.

그렇게 두 시간 가까이 걷자 온몸이 땀 범벅이 되었다. 수영 생각이 간절해졌다. 애초에 원피스 안에 수영복을 입고 나왔기에 원한다면 당장 바닷물에 뛰어들 수도 있었다. 하지만 내가 생각하지 못한 것이 있었으니… 카메라와 지갑을, 내 가방을, 모래사장 위에 두고 바다로 달려갈 수는 없다는 것이었다. 아프리카에서는 언제 어디서든 내 짐을 놓

고 달려갈 수 있었다. 어디든 내 친구들이 있었으니까. 아쉽지만 이곳에서는 더이상 그럴 수 없어, 결국 숙소로 돌아가 짐을 다 놓고 빈손으로 다시 나와 물에 뛰어들어갔다.

그러나 물속에서도 나는 그리 오래 즐기지 못했다. 차가운 바닷물이 주는 시원함과 물속에서만 볼 수 있는 근사한 해변의 풍경에 나는 꽤나 들떴지만, 어쩔 수 없는 공허함이 밀려온 것이다. 이렇게 멋진 풍경을 나 혼자 보고 있다니, 함께 감탄하고 함께 놀라워할 사람이 없다니, 급격히 심심해졌다. 낮에는 트럭에서 밤에는 캠프파이어에서 시간 가는 줄 모르고 여럿이 모여 수다 떨던 시간들이 그리웠다. 혼자 여행하면서 외로움을 느낀 적은 없었는데, 새롭게 느끼는 감정이었다.

일찍 숙소로 돌아와 침대에 누웠지만 잠은 쉽게 오지 않았다. 아프리카에서 찍었던 사진들을 넘겨보며, 그곳에서 친구들과 함께 듣던 플레이리스트를 틀었다. '라이온 킹'의 OST에서부터 '정글북'의 OST까지… 길지 않은 사파리 테마 플레이리스트가 몇 차례 반복해서 흘러나왔다. 잠이 오는 음악은 아니어서 그런지, 여전히 말똥말똥했다. 문득 캐롤이 이야기해 준 라벤더 오일을 사보아야겠다는 생각이 들었다.

노부부인 캐롤과 마이크는 우리 트럭킹 팀 최고 연장자였다. 우리 팀은 신기하게도 캐나다와 호주 출신 친구들이 과반수를 넘었고, 아시아에서 온 사람은 나 혼자였다. 오랜만에 영어가 모국어인 사람들 속에 있으려니 초반에는 그들의 빠른 영어 대화에 끼어들기가 어려웠다. 그래서 처음 며칠간 말수가 적었던 나를, 캐롤이 많이 챙겨주고 신경 써주었다. 나중에는 또래 친구들과 어울리느라 상대적으로 캐롤과 많은 시간을 보내지는 않았지만, 그럼에도 저녁 식사 때마다 항상 근처에 앉아 하루를 나누고 굿나잇 인사를 하던 사이였다. 캐롤과 마이크는 일찍 잠에 드는 편이었고, 먼저 들어갈 때마다 캐롤은 항상 내 등을 쓰다듬으며, 'Good night, sweetheart.'라고 인사해 주곤 했다. 그리고 그것도 마지막이 된 트럭킹 투어 마지막 밤, 캐롤이 내게 물었다.

"이제 여행이 얼마나 남았지?"

"이제 5개월 정도 남았어요. 계속 연락하면서 소식 전할 게요."

"아직 여행한 시간보다 할 시간이 더 남았네. 있지, 나는 베갯잇에 꼭 라벤더 오일을 바르고 자. 피곤할 때 그 향 맡으면 잠이 잘 오거든."

조금 뜬금없는 이야기라고 생각했다. 그래도 나름 3개월이나 여행을 했고, 텐트에서도 5주 동안 별 탈 없이 잘 자던 내게, 심지어 트럭만 타면 고치처럼 몸을 둥글게 말아 곧장 잠들어 동면에 들어가는 동물 같다는 소리를 듣던 내게, 잠이 잘 들 수 있는 팁을 주다니. 하지만 라구스에서 오롯이 혼자가 되고 나서야, 혹시 캐롤이 이런 순간을 걱정해 주었던 것은 아닐까 하는 생각이 들었다.

혼자 여행하는 시간을 외롭다고 느낀 적은 없었지만, 그렇다고 누군가의 빈자리마저 느끼지 못하는 것은 아니었다. 쉽게 외로움을 느끼지 않는다고 해서 그리움까지 모르는 것은 아니었다. 내일은 라벤더 오일을 사보아야겠다는 생각을 하며, 아무것도 뿌려지지 않은 보랏빛 베개 커버를 만지작거려보았다.

파도의 순간

포르투에 머물던 어느 아침, 엄마가 할아버지께서 위독하시다는 소식을 전하셨다. 하지만 이전에도 여러 차례 응급실에 다녀오셨던 것처럼, 이번에도 아마 괜찮으실 거라는 말도 덧붙이셨다. 다만 의사의 말에 따르면 이제는 정말 시간이 많이 남지 않은 것 같다는 말과 함께.

하루 종일 돌아다니면서도 마음이 편치 않았다. 여행 후처음으로 가족들이 보고 싶었다. 그전에도 물론 집에 가고 싶은 순간들이 여러 차례 있었고 부모님이 보고 싶은 순간들은 계속해서 있었지만, 그동안은 점과 같은 순간이었다면 이번에는 계속 이어지는 선과 같은 순간이었다. 당시 할아버지께서는 할머니와 함께 요양원에 계셨다. 두 분 모두 세상에서 가장 슬픈 병을 앓고 계셨다. 나는 긴 여행을 떠나기 전 두 분께 인사를 드리러 갔지만, 나만 인사를 드릴 수 있었다. 그렇지만 오랫동안 나라도 그렇게 인사드릴 수 있기를 바랐다.

그러나 그날 저녁, 숙소로 돌아와 휴대폰을 확인해 보니 기다리지 않았던 메시지가 와 있었다.

'할아버지 돌아가셨어, 연락 줘.'

호스텔 로비의 소파에 앉아 떨리는 손으로 전화를 걸었다. 통화는 짧고 간단했다. 부모님은 분명 정신이 없으실 것이었기 때문에, 아빠의 안부만 간단히 묻고는 비행기 표를 검색해 본 뒤 다시 연락하겠다고 하고 끊었다. 통화할 때는 생각 외로 무덤덤했는데, 끊자마자 눈물이 왈칵 쏟아졌다. 발랄한 음악이 나오는 밝은 로비 한구석, 아무도 없는 그 구석진 곳에 앉아 나는 혼자 울었다.

할아버지는 할머니와 늘 손을 꼭 잡고 걸어 다니실 정도로 한없이 다정하고 낭만적인 분이셨지만, 동시에 굉장히 엄격하고 무뚝뚝한 군인 출신이셨다. 자기 관리가 철저하신 할아버지께서는 매일 일기를 쓰셨는데, 한국어뿐 아니라 영어와 일본어로도 꼬박꼬박 적으셨다. 하지만 융통성 없는 분은 아니셨고, 꽤나 다양한 해외 경험 덕분인지 명절을 포함한 매사에 합리성을 추구하실 정도로 생각이 앞서가시는 분이었다. 입맛도 앞서가셨는데, 아빠가 어렸을 때는 집에서 멘보샤와 감자칩을 만들어드셨을 정도였다고 한다. 나도 할아버지와 함께 집 앞 아이스크림 가게에서 달달한 저녁을 보냈던 기억이 선하다.

다사다난했을 할아버지의 인생을 항상 가까이에서 직접 들어보고 싶었다. 어떤 역사를 겪어 오신 분이었는지 조금 더 알고 싶었다. 하지만 깊이 다가가는 방법을 알지 못했던 나는 이제 그 기회를 완전히 잃어버리고 말았다. 나의 망설임이 원망스러운 밤이었다.

좋아하는 드라마에서 죽음을 이렇게 표현했다.

"파도가 바다로 돌아가는 거야, 원래 있던 곳으로, 있어야 할 곳으로."

누구나 찰나의 파도와 같은 삶을 산다. 어떤 파도는 높고 거칠고, 어떤 파도는 낮고 부드럽다. 각각의 파도는 각각의 순간을 산다. 파도의 순간이 끝나고 다시 바닷물이 되면, 파도는 더 이상 눈에 보이지 않겠지만 해변에 남은 모래알들과 물방울들은 여전히 그 파도를 기억할 것이다.

할아버지의 파도는 여전히 남아있다. 아빠의 눈에, 우리 집 책장의 사진첩에, 곳곳에 적힌 할아버지의 글씨 안에. 더 이상 할아버지의 이야기를 직접 들을 수 있는 곳은 세상에 없지만, 그래도 나는 할아버지를 추억할 곳을 한 곳 더 얻었

다. 남아있는 할아버지의 이야기들을, 모래알들에 남아있는
작은 물방울들을, 정성껏 모아보아야지.

끊이지 않을 변심

'변함없는 사랑은 끊임없는 변심이다. (La constance en amour est une inconstance perpétuelle.)'

파리에 갈 때마다 라 로슈푸코의 이 문장이 떠오른다.

파리는 내가 해외에서 가장 오래 머문 곳은 아니어도, 가장 여러 차례 방문한 도시일 것이다. 할아버지의 장례를 위해 한국에 잠시 돌아간 사이, 나는 여행의 재출발 지점으로 파리를 선택했다. 원래 계획은 포르투갈에서 아일랜드로 향하는 것이었으나, 인천에는 더블린 직항이 없었다. 이참에 처음 파리에 갔을 때를 추억해 보기로 했다.

파리는 이곳저곳 돌아다니는 걸 좋아하던 나를 더 큰 세상으로 이끌어준 곳이었고, 낯선 장소를 이렇게나 사랑할 수 있다는 것 또한 알려준 곳이었다. 그러나 첫눈에 반한 건 전혀 아니었다. 만 스무 살, 앞으로 프랑스어를 해야 한다는 스트레스가 나를 짓누르던 곳이었다. 만약 며칠 머물다 급히 떠났다면 그 매력을 온전히 알지 못했을지도 모른다. 하지만 다행히 사촌 언니 집에서 한 달간 신세를 지며, 언니의 공간에서 안전하게, 아주 조금씩 새로움을 받아들였다. 2월의 겨울날, 나는 흐릿한 형체가 잠깐 나타났다 사라지는 입김처럼, 하루에 딱 그 만큼씩만 파리를 받아들였다.

그러자 서서히 정이 들기 시작했다. 처음에는 마른 흙색의 유럽식 건물들이었다. 약간의 낡음이 섞여 있는 건물들은 유럽이 처음이었던 내게 그윽한 매력으로 다가왔다. 그 다음에는 향기로운 카페들. 그 뒤에는 골목마다 숨어있는 작은 공원들이었다. 아주 조그마한 공원에도 분수대가 있기 마련이었다. 겨울이라 물은 없었지만 그것마저 쓸쓸한 매력이 좋았다. 집 밖을 나서면 느껴지는 그곳의 공기와 설명할 수 없는 냄새가 좋았고, 도심 어디에서나 보이는 반짝이는 에펠탑이 좋았다.

프랑스에 머문 1년 동안, 틈만 나면 파리에 갔다. 때로는 다리 아픈 줄도 모르고 오르세 미술관 내부를 여러 차례 휘젓고 다녔고, 때로는 노트르담 대성당 앞 아무 데나 걸터앉아 오가는 관광객들을 한없이 구경하기도 했다. 센강 모든

다리들을 건너보다 하루를 다 보낸 적도 있었다. 여름에는 뤽상부르 공원의 꽃들을 보는 게 좋았고, 겨울에는 샹젤리제 거리 크리스마스 마켓의 분주함 속을 걷는 것이 좋았다.

어디나 그렇듯, 좋은 기억만 있었던 것은 아니었다. 프랑스어를 한 마디도 못하던 때 서점에서 인종차별을 당해 속상했던 적도 있었고, 어린 학생이 하는 말을 단 한 마디도 못 알아들어서 발전 없는 나의 프랑스어 실력에 절망했던 적도 있었다. 하지만 그러한 고민과 괴로움과 우울감에도 나는 여전히 파리를 사랑했다. 오래된 지하철의 악명 높은 냄새도, 거리 곳곳의 개똥도, 누구나 하나쯤은 지닌 단점일 뿐이었다. 어차피 사람을 사랑할 때도, 그 사람이 완벽해서 사랑하는 일은 없기에.

다시 찾은 파리는 여느 재회처럼, 기대했던 모습과 예상하지 못했던 모습이 공존하고 있었다. 동네의 작은 서점은 꽤나 크게 확장되며 조금은 차가워졌고, 좋아하던 미술관에는 내가 가장 좋아하던 작품이 잠시 사라져 있었다. 하지만 내가 파리를 좋아하는 데에는 처음부터 이유 같은 건 없었다. 낡은 건물들도, 분수대가 있던 공원들도, 그건 모두 내가 파리에 빠져드는 길목에 서 있었을 뿐 나를 이끈 이유는 아니었다. 익숙한 것과 익숙하지 않은 것들을 지나, 에펠탑 뒤에 분홍빛으로, 그리고 이내 짙은 주황빛으로 물드는 하늘을 하염없이 바라보았다. 이번에는 그 붉은 하늘에 반했다. 그러나 다음에 회색 하늘이 나를 반겨준다 해도 나는 여전히 파리의 하늘을 사랑할 것이다.

같은 장소에 간다고 같은 풍경만 계속 보는 것이 아니었다. 낯선 곳에 갈 때보다, 애정이 있는 곳에 갈 때 더 많은 새로움을 발견할 수도 있는 것이었다. 첫눈에 반하는 것이 사랑이듯, 이전과는 다른 매력에 새롭게 빠지는 것도 사랑일 테다. 애정이 있는 한, 우리는 늘 끊임없이 변하는 장소의 찰나를, 이전과는 다른 찰나를 발견할 수 있다. 그리고 그 많은 것들의 수많은 찰나 중, 새롭게 내 마음을 사로잡을 것들이 계속해서 생겨나리라.

모든 사랑이 그럴 것이다.

신이 있다면

툴루즈는 혼자서 여행한 적이 없는 곳이다. 처음 방문했을 때는 보르도에서 함께 교환학생으로 지내고 있던 일본인 친구 마사와 둘이 갔었고, 두 번째 방문은 오로지 수녀님을 만나기 위함이었다.

나는 대학생 때 수녀원에서 운영하는 여학생 기숙사에서 지냈다. 독실하지는 않지만 가족이 모두 천주교 신자이기도 하고, 학교에 기숙사가 없었기 때문이기도 했다. 아무래도 수녀원, 그리고 여학생이라는 수식어가 안전하게 느껴져서인지 반드시 신자가 아니라도 근처 다양한 학교에 다니는 친구들이 함께 지냈다. 지금은 꽤 커졌지만, 내가 입학하고 졸업할 때까지는 늘 수녀님 두세 분에 고작 16명의 학생들뿐이었다. 그러니 우리는 지금까지도 또 하나의 가족이다.

수녀님들께서는 번갈아가면서 수녀회 본원이 있는 프랑스에 다녀오시곤 했는데, 내가 여행할 당시 수녀님 한 분께서 툴루즈에 계셨다. 툴루즈에 있는 수녀원에도 여학생 기숙사가 있어서, 나는 감사하게도 그곳에서 머물 수 있었다. 툴루즈 역에 도착하니 수녀님께서 차로 데리러 나와주셨다. 배낭이 무거운 줄도 잊은 채 수녀님을 뵙자마자 꼭 껴안고 한참을 덩실거렸다.

머무는 동안 나는 수녀님 덕분에 툴루즈와 툴루즈 근교 투어를 할 수 있었다. 마침 브라질에서 오신 수녀님들이 수녀회 행사로 방문 중이셨기에, 나는 브라질 수녀님들의 일정에 함께 하며 속성 관광을 겸했다. 오래전 친구와 걸었던 골목들을 함께 걸었고, 프랑스 남부의 인기 관광지이기도 한 중세 도시 카르카손[11]도 살펴보았으며, 해바라기 밭으로 가득했던 도시 팡쥬[12]도 방문했다.

수녀님과 어찌나 재미있게 수다를 떨었는지, 마지막 날 역에서 12시 22분 기차를 타고 보르도에 가야 했는데 시간 가는 줄 모르다가 늦게 출발해 12시 18분에 겨우 툴루즈 역에 도착했다. 부랴부랴 짐을 꺼내 들고 달려갔더니, 다행히 기차가 25분이나 지연되고 있었다. 그래서 수녀님과 함께

---

11 카르카손(Carcassonne): 프랑스 남부 옥시타니 지역에 위치한 중세 요새 도시로 성벽으로 둘러싸여 있다.

12 팡쥬(Fanjeaux): (천주교) 도미니코 성인의 성지가 곳곳에 있는, 카르카손 근교 도시.

하면 안 될 일도 된다며 마구 웃었다.

신을 온전히 믿는 건 늘 망설여진다. 실체를 본 적 없는 존재를 어떻게 믿어야 할지 잘 모르겠다. 하지만 툴루즈에서 아주 조금은 알게 되었다. 수녀님과 함께 하며 기숙사 친구들이 떠올랐고, 자코뱅 수도원의 회랑을 거닐며 오래전 미사와 함께 했던 시간들이 떠올랐다. 애정, 그리움, 우정… 어느 것 하나 실체는 없지만 우리는 늘 이름을 붙여 부른다. 만질 수도 볼 수도 없는 그 이름에, 분명하게 알 수 있는 무언가를 떠올리며 느끼는 것이다.

어쩌면 신이란 누군가가 함께 있는 느낌 그 자체인지도 모른다. 나와 내가 사랑하는 이들의 길을 누군가가 함께 해주기를 바라는 소망. 그 추상적인 것들에 대해 떠올릴 수 있는 이미지가 생겼다면, 그걸로 된 것 아닐까. 툴루즈 수녀원의 식탁에 둘러앉아 구운 채소를 나누어먹던 수녀님들의 미소, 그리고 꽝쥬의 한 성당에서 매일같이 바닥을 빗질하시는 허리 구부러진 어느 할머니의 모습. 나는 그거면 충분하다고 믿는다.

다시는 아무도 가지 못할 곳

내 기억 속 보르도는 화창한 모습이었는데, 8년 만에 다시 찾은 보르도는 내내 흐리고 비가 내렸다. 분명 그 당시 보르도도 비가 오고 눈이 내리곤 했다. 그런데 내 기억 속에는 유독 화창했던 어느 날의 모습이 가슴 아프게 각인되어 있었다.

1년간의 프랑스 교환학생 중 두 번째 학기는 보르도에서였고, 엄마와 함께 시작했다. 난생처음으로 엄마와 둘이서 함께 하는 해외여행이었다. 이미 어느 정도 익숙했던 파리에서는 엄마를 열심히 이끌고 다녔다. 영어도 쓰고, 프랑스어도 쓰면서, 엄마의 가이드 노릇을 했다. 우리는 함께 바다 위에 떠 있는 듯한 수도원 몽생미셸과 근처의 동화 같은 항구 도시인 옹플뢰르에도 다녀왔다. 나름대로 엄마를 모시고 다니고 있으니 뿌듯했다. 왠지 이제 진짜 어른이 된 듯한 기분이었다.

엄마와 함께 늦은 여름을 여행하다, 학기 시작 시기에 맞추어 보르도에 갔다. 여름 내내 학교와 부동산과 씨름했지만 집이 마련되지 않아 처음에는 호텔에서 사흘 밤을 머물렀다. 집이 없다는 사실은 조금 심란했지만 그때까지는 여전히 여행하는 기분이었다. 엄마와 함께 보르도의 몇 안 되는 관광지들을 둘러보며 북적이던 파리 중심가와는 사뭇 다른 모습에 들뜨기도 했다.

그러다 숙소가 결정되었고, 다행히 작은 방 안의 작은 침대는 엄마와 며칠 함께 지낼 정도는 되는 크기였다. 숙소가 결정되면 심란함이 사라질 줄 알았는데, 딱히 그런 건 아니었다. 엄마와 나란히 침대에 누워 보고 나서야 이제 곧 내가 혼자 이곳에서 또 한 학기를 새롭게 살아내야 한다는 사실이 실감 났다.

숙소에서 학교까지는 트램으로 두 정거장 거리였다. 사전 답사 겸, 학교 위치를 확인해 보려고 트램을 타고 학교 앞까지 가보았다. 아직 학기 시작 전으로 알고 있었는데, 건물 주변에는 벌써 생각보다 많은 학생들이 곳곳에 몰려 있었다. 문이 계속 여닫히고 학생들이 왔다 갔다 하는 걸로 보아 누구나 들어갈 수 있는 것처럼 보였다. 엄마도 들어가 보

고 싶어 하셨다. 하지만 잠깐 구경해 보자고 하는 엄마를 내가 잡아끌었다.

"엄마랑 같이 학교 들어가 보는 거, 창피해."

왜 그랬는지 모르겠다. 어른스럽고 싶었는데 가장 애 같은 행동을 해버렸다. 먼 나라에서 교환학생으로 왔는데, 엄마랑 같이 좀 와볼 수도 있지, 그때는 대체 왜 그게 창피하고 신경이 쓰였는지. 주변 시선을 쓸데없이 의식하는, 그때의 나는 여전히 어린아이였다. 얼마 뒤 학기가 시작되었을 때, 이탈리아에서, 독일에서, 스페인에서 부모님과 함께 온 친구들을 보며 왜 나는 그렇게 혼자서 예민하게 굴었을까 후회했다.

그날 오후는 어떻게 지나갔는지도 잘 모르겠다. 곧장 엄마한테 미안하다고 했던 것 같기는 한데, 어쨌든 학교에는 돌아가지 않았다. 갈대가 무성한 가론강가를 말없이 걸었다. 남은 사진 몇 장 속에는 미안함에 카메라를 제대로 쳐다보지 못하는 굳은 표정의 내가 서 있었다. 얼굴을 가리고 싶어서, 감추고 싶어서, 어서 어두워지기를 기다리는 마음으로.

학기 시작 전에는 교환학생들을 위한 여러 행사들이 있었다. 엄마는 내가 보르도 생활에 적응하는 데에 방해가 된다고 생각하셨는지, 출국일 며칠 전에 파리로 가셔서 혼자서 파리 여행을 조금 더 하다 가셨다. 괜찮다고, 내가 미안하다고 했지만, 하루 종일 또는 저녁 마다 있는 행사를 혹시나 당신 때문에 안 가게 될까 봐, 새로운 친구들을 많이 사귀라며 떠나셨다. 나는 왜 더 붙잡지 못했을까.

8년 후, 빗속을 뚫고 오래전 숙소 건물을 찾아가 보았다. 숙소는 그대로였고, 숙소 근처의 다른 학교도 그대로 서 있었다. 트램을 타고 두 정거장, 내가 반년을 다녔던 대학교로도 가보았다. 그런데 학교는 그 자리에 없었다. 아니, 학교 건물은 그대로였지만, 학교 이름이 바뀌었고 입구 모습이 바뀌었다. 어쩌면 내부 강의실들도 바뀌었을지도 모른다.

다시는 그 누구도 갈 수 없겠구나, 8년 전의 그 학교로는. 빗물이 우산을 타고 한없이 흐르는 동안 나는 트램 두어 대를 일부러 놓치며 풀밭을 내내 서성였다.

✳

빗속에서 춤추는 법

"Liquid sunshine, eh?"

아일랜드 골웨이에서 투어 버스를 타고 모허 절벽에 가던 날, 운전사 겸 가이드가 계속 외치던 말이었다. 어두운 아침, 기대했던 곳을 흐린 빗속에서 봐야 한다는 사실이 나는 못내 아쉬웠다. 그리고 드물게 화창했던 전날을 충분히 즐기지 않았던 내 선택들을 후회했다. 열심히 돌아다녔어야 했건만, 나는 때마침 개봉한 혹성탈출과 스파이더맨이 궁금해 어두운 극장 안에만 머물러 있었던 것이다.

하지만 가이드의 말처럼, 태양이 구름 너머에 있는 동안 물이 좀 주룩주룩 내릴 뿐이라고 생각하니 불평이 조금은 가라앉았다. 마음만 먹으면 비 오는 날도 '액체 햇빛'으로 둔갑시킬 수 있었던 것이다. 모허 절벽을 떠나기 직전

에 잠깐 개인 하늘에 환호하기는 했지만, 그렇다고 막상 흐린 날씨 속에 파도가 치는 절벽의 모습을 보고 실망하지도 않았다. 어차피 내가 그토록 좋아하는 웨스트라이프의 뮤직비디오 속에서도 모허 절벽은 'where the skies are blue(하늘이 푸른 곳)'라는 가사가 무색하게 흐린 모습이다. 그러니까 나는 아일랜드를 가장 아일랜드다운 날씨에 여행한 것일 뿐이다.

비가 오면 여행을 망쳤다고 생각하기 쉽지만, 날씨는 여행을 좌지우지할 정도의 힘을 지닌 존재는 아니었다. 아니, 그 정도의 힘을 주지 않기로 했다. 운동화에서 첨벙첨벙 소리가 날 정도로 비가 억수로 쏟아지던 어느 날, 나는 맑은 날에는 결코 얻을 수 없는 아주 특별한 사진들을 남길 수 있었으니까.

그날은 오스트리아 빈에서 기차를 타고 헝가리 부다페스트로 이동한 날이었다. 빈에 있을 때는 오전 내내 폭우가 내렸지만 부다페스트에 도착하니 화창했다. 일기예보 상으로도 더 이상 비가 오지 않을 거라기에 이제 비는 완전히 피했다고 철석같이 믿고, 저녁에 예약해둔 야경 투어를 취소하지 않았다. 하지만 투어 시작 1시간 전 갑자기 하늘에 구멍이 뚫린 듯이 비가 내리기 시작했다. 허탈했지만 이제 와서 취소할 수는 없는 상황이었다. 나는 작은 우산을 쓰고(배낭의 무게를 최소화하기 위해 내게는 작은 3단 우산밖에 없었다) 머리카락 외에는 모두 시원하게 적셔 가며 출발 장소로 향했다.

온몸이 젖고, 신발에는 물이 차오를 만큼 차오르고, 우산을 무겁게 들고, 누가 봐도 영 좋은 시작은 아니었다. 하지만 그날 저녁은 그 어느 때보다도 환상적이었다. 부다페스트 시내가 내려다보이는 겔레르트 언덕에서는 천둥이 치는 모습을 카메라로 포착했고, 화려한 국회의사당이 내려다보이는 전망으로 유명한 어부의 요새에서는 어마어마한 빗줄기가 사진에 함께 담겼다. 부다페스트에 여행 온 사람들 중에 이런 폭풍우 속 금빛 야경을 본 사람이 얼마나 될까? 나 역시 미리 돈을 지불한 야경 투어만 아니었다면 숙소에 숨어있었을 밤이다. 그렇게 생각하니 그 밤이 너무나 특별하게 느껴졌다.

원했던 날씨가 아니라고 해서 반드시 형편없는 여행으로 귀결되는 것은 아니다. 슬로베니아 블레드 호수에서는 폭우가 쏟아지는 바람에 날이 개기를 기다리며 맛있는 케익을 먹을 수 있었고, 브라질 리우데자네이루에서는 우비를 사면 비가 금세 그치더니 막상 안 사면 내내 쏟아져서 나의 도박운에 대해 논할 수 있었다.

아이슬란드 케플라비크 공항에는 이런 문구가 있었다. '아이슬란드 날씨가 마음에 들지 않으면 5분만 기다리세요.' 그만큼 아이슬란드의 변화무쌍한 날씨를 나타내는 문구이기도 하지만, 당장의 날씨에 너무 실망할 필요가 없다는 의미로도 느껴진다. 기다리는 5분 동안 날씨가 바뀌지는 않더라도 날씨를 대하는 내 마음이 바뀔 수는 있다.

'인생이란 폭풍우가 지나가길 기다리는 것이 아니라 퍼붓는 빗속에서 춤추는 법을 배우는 것이다.[13]'

여행도 그 자체로 인생이며 모험이다. 나는 기꺼이 빗속에서 춤을 출 것이다.

---

13 비비안 그린

거기까지 가서 그걸 안 했다고?

베를린은 처음부터 계획에 없던 도시였다. 만약 암스테르담에서 비행기를 타고 폴란드로 곧장 향했다면 베를린은 고려조차 하지 않았을 도시였고, 고로 아쉬움 또한 남을 일도 없는 도시였다. 하지만 나는 취향대로 비행기 대신 기차를 선택했고, 12시간이 넘는 거리였기에 중간에 한 군데 들러보기로 했다. 지도를 살펴보니 가운데 즈음에 위치한 베를린이 눈에 띄었다. 베를린에서의 2박 3일은 그렇게 무심하게 정해진 일이었다.

베를린을 아끼는 누군가에게는 나의 이런 마음이 못내 아쉬울 수도 있다. 이왕 오는 거 좀 더 긴 시간을 계획하고 오지, 이왕 오는 거 좀 더 샅샅이 둘러볼 마음으로 오지. 하지만 세계여행 중에 모든 여행지에 강세를 줄 수는 없는 법이었다. 가장 중요한 순간에 온전히 스며들 수 있도록, 가끔은 스쳐 지나가야 하는 여행지들도 있었다. 내게 베를린은 그런 곳이었다.

그러나 모두가 내 마음을 이해해 주지는 않았다. 덕분에 베를린 도착 첫날부터 굉장히 피곤했다. 숙소에 도착하자마자 주인에게서 다짜고짜 핀잔을 들은 것이다.

"세계여행 중이라면서, 왜 2박 3일밖에 안 묵어요? 일주일을 머물러도 다 못 보는데."

"오래 있으면 좋을 텐데 갑자기 일정 잡다 보니 그렇게 되었네요."

"여행 다 마치면 베를린에 다시 오세요. 이번에는 정말 제대로 못 보고 가는 거야."

이런 류의 대화가 처음은 아니었기에, 나는 적당히 웃으면서 둘러보고 좋으면 그렇게 하겠다고 답했다. 그랬더니 주제가 옮겨갔다.

"여자 혼자 배낭 메고 여행하는 건 잘 못 봤는데, 신기하네요. 여자애들은 캐리어 큰 거 들고 와서 쇼핑한 걸로 채워가던데."

"…네?"

"저번에도 여자애들 셋이 왔었는데, 일주일 여행인데도 뭐 그리 큰 캐리어를 들고 왔는지. 매일 나가서 쇼핑만 하다가 한두 시간 걷더니 힘들다고 들어오고. 뭐 별로 본 것도 없이 갔어요."

"아… 네."

그냥 어색하게 웃고 말았다. 굳이 그 말에 대꾸하면서 그분에게 큰 인상을 남겨주고 싶지 않았다. 어차피 나는 다음 여행자들에게 '시간을 길게 내서 세계여행을 하면서도 한 도시에 2박 3일밖에 머물지 않는, 얕은 여행을 하는 사람'으로 소개될 터였다.

여행 중 만나는 사람들은 대개 잠깐의 시간을 함께 할 뿐이다. 그런데 그 짧은 시간 동안 우쭐함을 느끼고 싶은 것인지, 참견하려 드는 사람들이 종종 있었다.

오지랖 유형: 거기까지 가서 그걸 안 했다고?
"이과수 폭포는 정말 장관이더라고요."
"거기서 헬리콥터 탔어요?"
"아뇨."
"에이, 거기 가서 헬리콥터를 안 탔으면 이과수 폭포를 본 거라고 할 수 없지."

과시 유형: 나보다 많이 다녀봤어?
"저는 아이슬란드가 정말 좋았어요."

"노르웨이 가봤어요? 핀란드는요? 거기가 아이슬란드보다 훨씬 멋져요."

"아 그렇구나, 아이슬란드는 어디 어디 가보셨어요?"

"아, 난 아이슬란드는 안 가봤는데, 사진은 많이 봤어요. 거기 가느니 노르웨이를 한 번 더 가지."

다 안다는 듯 은근히 깔보는 유형: 넌 이렇게 여행하는 스타일이지?

"여자분이시니까, 걸어 올라가지 마시고 그냥 케이블카 타세요."

"걸어가는 게 더 멋질 것 같아서 저는 걸어서 갈까 하는데요."

"에이, 제 말 들으세요. 평소에 운동하세요? 여자분들은 백이면 백 걸어가면 후회한다니까요."

퇴치법은 딱히 없다. 좋은 기장을 만난 덕에 헬리콥터 대신 비행기에서 이미 이과수 폭포를 충분히 내려다봤다며 증거 사진을 내밀거나, 내가 다녀온 멋진 나라들의 이름을 하나씩 나열해가며 그 사람이 다녀오지 않은 곳들을 계속 찾아내 극찬하거나, 계단길을 열심히 걸어 올라갔다 온 뒤 그 사람을 다시 만나 "자, 걸어갔다 왔지?" 보여주는 수밖에는.

하지만 비슷한 사람이 되어가면서까지 변명하기엔 그 시간이 너무 아깝다. 그러니 진정한 퇴치법은 그냥 무시하는 것이다. '그렇군요'라며 그들의 '많고 깊은 여행 경험'을 인정해 주자. 대신, 그들의 말에 휘둘리지는 말자.

그들이 자주 퍼뜨리는 말들로 인해 여행에도 등급이 생기는 듯하다. 가장 힘들게 다닌 여행이 가장 멋지고 대단한 여행이고, 쇼핑이 주 목적인 여행은 진짜 여행이라고 할 수 없으며, 패키지 여행 역시 제대로 여행한 것이 아니고, 근사한 캐리어를 끌고 안락한 호텔에서 묵는 것도 진짜 여행이 아니라고.

하지만 그들이 주장하는 '진짜 여행'이 대체 무엇인지 나는 모르겠다. 여행은 단계별 퀘스트를 달성하는 것도 아니고, 외국어 능력 시험처럼 급수별로 나눌 수 있는 것도 아니다. 나는 무거운 배낭을 메고 쓰러지기 일보 직전까지 걸은 적도 많고, 2층 침대가 무너지기 직전으로 금이 간 열악한 숙박시설에서 지낸 적도 많다. 동시에 패키지여행을 통해 꽤 근사한 호텔에서 묵어본 적도 있고, 여행 중에 필요한 물건들을 쇼핑하다 시간을 다 보낸 적도 있다. 그렇지만 어느 여행도 다른 여행보다 더 나았다고 혹은 별로였다고 평가할 수는 없다. 쇼핑을 하러 돌아다니면서 생각지 못한 골목을 발견하기도 하고, 패키지 여행을 통해 시간을 아껴서 더 많은 장소에 들를 수도 있고, 안락한 호텔에서 머물며 더 열심히 돌아다닐 에너지를 얻을 수도 있었다.

틀린 여행이란 존재하지 않는다. 이 세상에는 인구수만큼이나 다양한 인생이 있고 고로 그만큼 다양한 여행이 있다. 여행하면서 늘 겸손하자고 다짐한다. 더 많은 곳을 보게 되고 더 많은 것을 느끼게 될 수록, 타인에게 무의식적으로라도 나의 감상과 나의 취향을 강요하지 않도록 스스로 돌아보기로 했다. 내가 이 도시에 오래 머문다 해도 결코 모든 면을 다 알 수는 없다고, 아직 세상에는 내가 모르는 곳들이, 방식들이 많다고, 늘 기억하기로 했다.

함께 했던 흔적

"언니, 이래가지고 혼자 여행 어떻게 다닌 거야?"

그러게 말이다. 사촌동생과 함께 체코와 오스트리아를 여행하는 동안 나는 꽤나 덤벙거렸다. 특히 체코 프라하에서 아기자기한 마을 체스키크룸로프로 이동하던 날, 나는 버스터미널을 제대로 확인도 안 하고 동생을 이끌고 갔다. 내가 프라하에 도착해 내렸던 그 터미널일 거라고 믿어 의심치 않았던 것이다. 서울에도 고속터미널, 남부터미널, 동서울터미널, 얼마나 많은데 그 생각을 못 했다니! 덕분에 우리는 탑승시간 20분을 남겨두고 경찰에 쫓기는 도주자들처럼 뛰어야 했다. 짐을 무겁게 들고 멘 채로 계단을 오르락내리락하며 숨도 안 쉬고 달린 끝에 출발 1분 전에 탑승에 성공했다. 8월의 체코는 결코 아침부터 뛰어다니기 좋은 날씨가 아니었다. 땀 범벅이 되어 버스에 오르니 정신이 없어서 잠도 오지 않았다. 동생에게 너무 미안했다.

나는 나름 철저하게 계획을 세운다고 자부하는 사람이다. 길을 헤매면서 버리는 시간도 아까운 데다 어리바리 길을 찾다 나쁜 사람들의 표적이 되고 싶지도 않아서 교통편은 특히나 신경 써서 미리 찾아 두고 기억한다. 그런데 사촌 동생과 여행하는 동안 나는 이상하게도 굉장히 집중력이 떨어졌다.

"너랑 있어서 그런 것 같아."

동생과는 한 살 터울이고, 개월 수를 따지자면 한 살 차이라고 하기에도 민망할 정도라 친구 사이나 다름없다. 어쩌면 나는 동생을 챙겨야 한다는 생각보다는 내가 잠시 기대고 싶었는지도 모르겠다. 계획할 때부터 숙소와 교통편을 나눠서 예약했고, 돌아다닐 때에도 동생이 먼저 길을 찾는 경우가 많았다. 그런 씩씩하고 듬직한 동생이니 나도 모르게 긴장이 풀렸던 것 같다.

그런데 덕분에 좋았던 건, 장소만 달라질 뿐 비슷비슷하게 움직이던 나의 여행이 살짝 변했다는 것이었다. 사실 긴 여행을 계속하다 보니 더 이상 여행이 휴가가 아니라 일처럼, 의무처럼 느껴질 때가 있었다. 여행이 또 하나의 쳇바퀴가 될 뻔한 그때, 동생이 나를 이끌어주었다. 식사 중에 어쩌다 주문한 맥주 한 잔조차 깔끔히 끝낸 적이 거의 없던 나는 동생과 여행하며 와인까지 즐기기 시작했고, 프라하의 오페라하우스에서는 혼자서는 늘 망설이다 말았던 클래식 공연도 보았다. 아침부터 열심히 돌아다니다 오후에 피곤하면 숙소에 들어가 빈둥거리다 다시 나오기도 했다.

우리는 모두 지난 흔적들로 이루어져 있다. 누군가의 말 한마디, 오래전 나의 선택, 좋아하는 책 구절, 어제의 기분. 아무 일 없었던 것 같던 하루도 시간이 지나면 어느새 이후의 다른 것들에 영향을 준다.

나의 이후 여행에는 그렇게 동생의 흔적들이 진하게 남았다. 다행히 다시 혼자가 되었을 때는 꼼꼼하게 챙기는 나로 돌아왔지만, 새로 시도해 보는 것들이 많아졌다. 혼자서도 종종 와인을 한 잔씩 주문했고, 호주 시드니에서는 오페라하우스의 바다가 내다보이는 공연장에서 혼자서 작은 공연을 보기도 했다. 동생에게도 나와의 시간들이 조금이라도 남았으면 좋겠다. 덤벙거림은 말고.

우리의 시간은 손바닥만 한 종이 속에

대학교 2학년 여름방학, 친구와 함께 베트남에서 2주간 봉사활동을 했다. 부모님 없이 떠난 해외는 처음이어서, 하나부터 열까지 새로운 것이 많았다. 하지만 안타깝게도 당시의 나는 일기를 쓰지 않았다. 대신, 대학에 가서 처음 사귀었던 남자친구에게 매일 밤 엽서를 한 장씩 가득 채웠다. 엽서는 한 번 떠나면 다시 돌아오지 않는다는 생각을 하지 못했던 게 분명하다. 어쩌면 사랑이 영원할 줄 알았는지도.

문자나 이메일은 모든 기록이 모두에게 남는다. 하지만 엽서나 편지는 서로가 서로의 기억을 대신 간직한다. 친구들이 써준 이야기들은 내 방에 쌓여 있고, 내가 적은 기억들은 친구들의 공간 어딘가에 있을 것이다. 내 손을 떠나면 더 이상 고칠 수도, 삭제할 수도 없어서 더욱 정성이 필요한 일. 3초면 할 말을 전할 수 있는 시대에 그러한 정성을 쏟는 다는 것은, 아무에게나 할 수 있는 일은 아니다.

그러나 여행지에서는 엽서가 쉽게 써진다. 낯선 곳에서는 함께 있었으면 좋았을 사람들이 떠오르고, 그리운 마음에 나를 감싸고 있는 바람을 담아 보낸다. 나는 아르헨티나 우수아이아에서 남미의 땅끝마을이라는 낭만에 못 이겨 엽서를 몇 장 썼고, 슬로베니아 류블랴나에서는 '사랑받는'이라는 뜻에서 유래했다는 그 예쁜 도시의 이름을 여기저기 알려주고 싶어서 몇 장을 썼다. 보스니아헤르체고비나의 모스타르에서도 몇 장 썼는데, 그때는 조금 다른 이유에서였다. 답장을 보내기 위해서.

모스타르에 도착하기 몇 주 전, 나는 폴란드 크라쿠프의 한 호스텔에 묵고 있었다. 조식과 석식이 모두 제공되는데도 그 동네에서 가장 저렴한 숙소였다. 동유럽 많은 곳들이 그렇듯 혼숙이어서, 같은 방에는 나 이외에는 모두 남자들이었다. 도착한 첫날 부엌에서 파티가 열렸고, 호주, 영국, 네덜란드 등 다양한 곳에서 온 친구들은 모두 이미 이곳에서 며칠을 보낸 사람들이었다. 파티도 게임도 사람들도 재미있었지만, 오랜만에 마시는 술에 나는 급격히 피곤해졌다. 밤 11시쯤 밖으로 나가는 파와 방으로 들어가는 파가 갈

렸고, 나는 후자였다. 그런데 같은 방을 쓰던 타미가 나를
졸랐다.

"같이 가주면 안 돼? 나도 놀고 싶은데 다른 방 친구들
하고는 아직 어색해."

나와 같은 날 도착한 타미는 대만에서 온 학생이었고 우
리는 같은 방에서 저녁식사 전까지 몇 시간가량 수다를 떨
며 꽤 친해진 상태였다. 그래서 나는 당연히 그 역시 사람들
과 쉽게 어울리는 편일 거라 생각했는데, 생각해 보니 그냥
내가 계속 말을 걸었던 것이었다. 저녁식사 중에 그가 종종
어색해하는 모습을 보였던 것이 떠올랐다. 왠지 오래전 교
환학생을 시작할 때의 내 모습을 보는 것 같아 결국 나는 따
라가고 말았다.

우리는 여러 친구들과 함께 크라쿠프 중앙 광장을 뛰어
다녔다. 술집에서 술집으로, 광장 모퉁이에서 모퉁이로. 시
간은 자정을 훌쩍 넘어 새벽으로 향했고, 타미의 웃음소리
는 점점 커졌다. 그 후 그는 나 없이 로렌과 샌드위치 맛집
에 다녀오기도 했고, 조쉬와 함께 아우슈비츠 수용소에 다
녀오기도 했다. 나를 마주칠 때마다 신나게 자신의 하루를
전했다.

마지막 날 밤, 나는 새벽 버스를 앞두고 있어 간단한 저
녁 식사 후에 방으로 돌아와 짐 정리를 했다. 타미는 그날

밤도 밖에 나가 친구들과 놀고 온다고 했다.

"내가 새벽에 돌아오면 이미 자고 있을 테고, 아침에 일어나면 이미 가고 없겠지?"

"그래, 그러니까 지금 인사하자. 오늘 재밌게 놀고, 남은 여행 잘해!"

그날 나는 폴란드에 머물렀던 날들 중 가장 이른 시간에 잠이 들었다. 푹 잤지만 이른 아침에 일어나는 건 여전히 힘겨웠다. 졸린 눈을 비비며 짐을 살피던 나는 웃음이 나고 말았다. 내 배낭에 타미가 쓴 엽서가 꽂혀 있었던 것이다. 아마 새벽에 어둠 속에서 쓴 모양이었다. 내가 떠나서 아쉽다고, 혹시 첫날 저녁 자신이 너무 억지 부렸다면 미안했고 그래도 같이 가줘서 고마웠다고. 그리고,

'꼭 모스타르에서 답장 써줘.'

꼭 답장을 써 달라는 말이 아니라, 꼭 '모스타르에서' 답장을 써 달라는 말에 또 웃음이 났다. 호스텔에는 유럽 남부를 여행하고 온 사람들이 많았는데, 그들이 공통적으로 극찬하던 곳이 바로 모스타르였다. 타미는 아쉽게도 모스타르까지는 가지 못했고, 그래서 아마 엽서로나마 그곳의 바람을 느껴보고 싶었던 모양이다.

여행지에서 쓰는 엽서는 그리운 사람들에게 보내는 것이라고만 생각했는데, 오늘 만난 사람에게도 써줄 수 있다는

걸 그 아이 덕분에 알게 되었다. '이곳에 네가 있었으면 좋겠어.' 대신, '너와 함께 있어서 좋았어.' 또한 전할 수 있다는 사실을.

나는 모스타르에 도착하자마자 중심가인 스타리 모스트 다리로 향했다. 다리 밑으로 지나는 네레트바강변에는 기념품을 판매하는 작은 가게들이 있었다. 한참을 둘러보다 모스타르의 풍경이 가장 예쁘게 담긴 엽서를 몇 장 골랐다. 엽서 속 사진에는 보이지 않는 슬픈 역사와 친절한 사람들에 대한 이야기를 글로 덧붙였다. 대만 주소로 보내려니 한자가 가득했는데, 한글로도 악필인 사람이 한자를 쓰려니 애를 먹었다. 결국 엽서 하나는 그대로 버리고 새 엽서를 다시 깨끗하게 적어내려갔다. 그 주소를 보고도 타미는 어린아이가 쓴 것 같다며 웃기는 했지만, 제대로 갔으니 그만이다.

우리는 아마 다시는 만나지 못할지도 모른다. 엽서를 보냈다는 사실조차 시간이 지나면 잊어버리는 것처럼, 우리가 스쳐 지나갔었다는 사실도 언젠가는 흐릿하게 잊힐 것이다. 그래서 우리가 함께 한 아주 짧은 시간을 엽서에 담아준 타미가 고마웠다.

그에게 보내는 엽서를 우체통에 넣으면서, 그리고 그가 써준 엽서를 다시 읽어보면서, 나도 다음에 여행 중에 만난 사람에게 엽서를 한 장 쥐여 주고 싶다는 생각이 들었다. 연락처를 주고받는다 해도, 우리는 다시 만날 기약이 없다. 그러니 우연히 만난 즐거움과 처음 본 나를 반겨준 고마움을 담아, 내 기억 한 조각을 선물하고 싶다. 아주 가끔, 내가 쓴 엽서가 시선에 닿을 때마다 나를 한 번씩 생각해주기를.

*

숫자 속에는 사람이 있음을

"여기, 여기! 웃어 봐, 스마일!"

이 말은 내게 충격적인 기억 하나를 남겨주었다. 파리 에 펠탑이나 런던 브리지였다면 별일 아니었겠지만, 그곳은 미국 9·11 테러 희생자들을 기리는 뉴욕의 9/11 메모리얼 파크였기 때문이다. 곳곳에 꽃들이 놓여있던 희생자들의 명단 앞에서, 그들은 활짝 웃으며 사진을 찍고 있었다.

폴란드 오시비엥침에 위치한 아우슈비츠 수용소에는 그 끔찍함에 눈물을 흘리는 사람들까지 있었지만, 이따금씩 뉴욕에서 보았던 이들과 비슷한 사람들도 보였다. 화물처럼 수용소로 실려온 나치 희생자들의 일상과 꿈과 삶이 모두 끝나버린 죽음의 철길 위에서, 마치 벚꽃 축제를 즐기러 온 사람들처럼 깔깔거리며 사진 찍던 사람들. 누군가의 아픔이

다른 누군가에게는 그저 관광지가 될 수도 있다는 사실에 마음속에서 무언가가 무너져 내리는 듯한 기분을 느꼈다.

감정까지 의무가 될 수는 없다. 하지만 표현에는 배려가 필요하다. 적어도 희생자들, 피해자들, 그리고 그 가족들이 아직까지 함께 살아가고 있는 현재에는, 같은 오늘을 살아가고 있는 사람으로서 아픈 어제를 조금 더 공감해 주었으면 좋겠다고 생각했다.

슬픈 역사를 간직하고 있는 장소들은 세계 곳곳에 있었다. 나도 가장 슬픈 역사를 지닌 나라 중 하나에서 왔다고 생각하며 살았는데, 세상은 마치 아픔 없는 나라가 있었겠느냐고 말하는 것 같았다. 화사한 색깔의 도시들도 어딘가에는 울음을 간직하고 있었다.

　오밀조밀한 집들과 풍차들이 가득한 네덜란드도 마찬가지였다. 네덜란드에는 안네 프랑크의 집과 이준 열사 기념관이 있었다. 이 두 사람에게는 두 가지 공통점이 있는데, 하나는 집이 아닌 곳에서 생을 마감했다는 것이고, 다른 하나는 이들의 꿈이 죽은 후에야 이루어졌다는 것이다. 독일 태생 안네 프랑크는 네덜란드에 망명했다가 결국 수용소에 끌려가서 죽었고, 대한제국의 이준 열사는 헤이그 만국평화회의에서 일제의 만행을 이야기하려 했으나 결국 일제의 훼방으로 이루지 못하고 호텔방에서 쓸쓸히 죽음을 맞이했다. 이후 안네 프랑크의 아버지가 딸의 일기장을 세상에 공개함으로써 사후에 작가로 데뷔했고 (물론, 그녀는 이미 작가였다), 대한의 독립은 이준 열사의 죽음에서부터 28년 후에야 이루어졌다.

　두 사람에게 각각 헌정된 장소 안에서는 대체로 잔잔한 말들과 침묵이 번갈아 가며 들려왔다. 내가 방문했던 날들에는 운 좋게도 정숙한 사람들만이 그곳을 찾은 것일지도 모른다. 하지만 나는 스탈린이 남겼다는 말을 떠올릴 수밖에 없었다. '한 명의 죽음은 비극이지만 백만 명의 죽음은 통계'라고.

　숫자 속에는 한 명 한 명의 인생이 가슴 아프게 녹아들어

*

있음을 잊지 않았으면 좋겠다. 독일의 홀로코스트 메모리얼에는 나치 희생자들의 이야기들이 세세하게 전시되어 있었다. 강제로 흩어져 영영 못 보게 된 가족들의 이야기, 실제 수용소 경험담, 오간 편지들, 그리고 그들이 꿈꾸던 인생들. 진심을 다해 살펴보면 차가운 통계 뒤에 미처 다 살지 못한 뜨거운 인생들을 발견할 수 있었다. 다크 투어리즘[14]에서 중요한 건 그런 게 아닐까.

비극에 무감각해지는 건 그 자체로 또 하나의 비극이다. 한 명 한 명의 이야기에 귀 기울이는 여행이 되기를, 나도 다시 한번 다짐해 본다.

---

14 다크 투어리즘(Dark Tourism): 전쟁 등의 비극적인 역사나 재난 및 재해가 일어났던 곳을 찾아가는 여행을 일컫는 말.

4부

매
일
이   초
      연

매일이 초연

'세상에서 가장 낭만적인 곳', '살아보고 싶은 남미의 유럽', '거리 곳곳 탱고를 추는 도시'

아르헨티나 부에노스아이레스를 검색해 보면 꼭 함께 등장하는 미사여구들이다. 그러나 내가 부에노스아이레스에 붙일 수 있는 묘사는 다음과 같다.

'지하철에 에어컨이 안 나오는 곳', '벗어나고 싶은 찜통', '거리 곳곳 깜비오(Cambio: 환전소) 소리만 들리는 곳'

낭만은커녕, 더위에 취약한 엄마와 내가 둘 다 질색을 했던 도시가 바로 부에노스아이레스였다.

크로아티아의 작은 항구 도시 풀라도 자칫하면 부에노스아이레스처럼 기억될 뻔했다. 원래 그곳의 매력이란 붉은 지붕들이 옹기종기 모여 있는 마을 풍경과 그 중심에 자리 잡은 로마 시대의 원형경기장이다. 하지만 당시의 나는 그게 그다지 특별하게 느껴지지 않았다. 이미 지난 며칠간 비슷한 풍경들을 계속해서 봐온 탓이었다. 세계여행의 단점이라면 단점이리라. 대신 내가 얻을 수 있었던 재미는 내가 묵은 호스텔에서 한국 여권을 처음 본다며 신기해했다는 것이었다. 역시 한국인들이 많이 오지 않는 데에는 이유가 있었다. 아쉽지만 그냥 푹 쉬다 가는 것에 의의를 두기로 했다.

그러던 둘째 날 저녁, 침대에 걸터앉아있던 내게 야외의 재즈음악이 들려왔다. 나도 모르게 일어나 창가로 향했다. 밖을 내다보니 좁은 골목길 건너편에 재즈 페스티벌이 열리고 있었다. 검색해 보니 딱 이틀간 열리는 축제에, 내가 기가 막히게 일정을 맞춰 온 것이었다. 평소 재즈 음악을 좋아하던 것도 아니었는데, 오히려 좋아하지 않는 편에 가까웠는데, 그날 밤 밖에서 흘러 들어온 음악과 사람들의 박수소리, 창 틈으로 들어오는 바람이 내 마음을 두근거리게 했다.

다음 날 아침, 나는 망설임도 없이 부스가 열리자마자 티켓을 샀다. 하루 종일 고대할 것이 생기니 기분까지 좋아졌다. 신기하게도 풀라가 조금씩 다르게 보이기 시작했다. 전날 보이지 않던 골목의 꽃들도 눈에 들어왔고, 풀라의 원형경기장에서는 내가 이전에 봤던 곳들과 달리 바다가 빼꼼히 보인다는 특별한 매력도 찾아냈다.

그리고 그날 끝에는 기대했던 것 이상으로 멋진 밤이 기다리고 있었다. 크로아티아, 중국, 캐나다, 쿠바 등 세계 곳곳 출신 뮤지션들이 서로 대화하듯 풀어내던 음악과 주변에서 간간이 들리던 잔잔한 소음들, 그리고 입맛에 맞지 않았음에도 깨끗하게 비웠던 마이 타이 칵테일까지. 그날 저녁의 모든 순간이 소중했다. 나는 야외 플라스틱 의자에 앉아, 또 다른 세계여행을 하고 왔다. 그전까지는 제대로 들어본 적도 없던 재즈음악을 나는 요즘도 종종 찾아 듣고 있고, 그때마다 폴라를 추억하고 있다.

만약 재즈 페스티벌이 그날 열리지 않았다면, 만약 내 숙소가 전혀 다른 곳에 위치해 우연히 음악을 듣지 못했다면, 아니면 듣고도 다음날 입장권을 구입하지 않았다면, 폴라는 내게 어떻게 기억되었을까? 기억할 거리조차 많지 않은, 잊고 지내는 기억 중 하나가 되었을지도 모른다.

영화 〈라라랜드〉에 '재즈는 매번 연주가 새로워서, 매일 밤이 초연'이라는 대사가 있다. 사실은 재즈뿐 아니라, 모든 사람도 모든 장소도 매일이 초연이다. 여행지는 매일 새로운 모습을 보여주고, 여행자는 매일 새로운 마음으로 여행한다. 같은 계절에 같은 장소를 같은 사람과 여행한다 해도,

아주 사소한 차이가 수없이 많은 변주를 만들어낸다. 그 어떤 여행도 반복 재생되는 일은 없다.

모두가 극찬을 한 부에노스아이레스에서 머무는 동안 길거리에서 탱고를 추는 사람은 단 한 명도 보지 못했고, 더위에 지치다 보니 새로운 걸 봐도 시큰둥했다. 어느 날은 하루 동안 네 번이나 정전이 일어나, 선풍기가 멈춘 식당 안에서 햄버거를 먹다 땀방울이 입안으로 흘러 들어오기도 했다. 이 도시가 뭐가 그렇게 낭만적이고 아름다워서 떠날 때 모두가 아쉬워하는지, 도무지 공감할 수가 없었다. 하지만 그건, 내가 그때 본 부에노스아이레스의 아주 작은 일부분일 뿐이다.

부에노스아이레스에 대한 나의 가혹한 평가는 절대적인 진리가 아니라 나의 일시적인 견해일 뿐이다. 많은 사람들이 세상에서 가장 낭만적인 여행지로 기억하고 있는 부에노스아이레스를, 나는 아직 만나지 못한 것이리라. 그러니 나는 언젠가 또 한 번 그곳을 찾을 것이다. 그때는 비가 내려 조금 서늘할 수도 있고, 기대하지 않은 인연을 만날 수도 있고, 무더위 속일지라도 예상치 못한 축제가 있을 수도 있다. 부에노스아이레스에서 재즈를, 아니 탱고를 발견할 수 있는 날이 오기를.

✳

10초의 순간들

여행에는 그런 순간들이 있다. 여행지의 구체적인 모습이나 분위기보다도, 그냥 잊히지 않는 약 10초간의 순간들. 내게는 그런 순간들이 한 마디 문장들로 기억되었다. 때로는 가슴 설레기도, 때로는 마음이 따뜻해지기도 했고, 때로는 전혀 예상치 못한 일들이 벌어지기도 했다. 기억 속에 콕 박혀 있는 여섯 가지 문장들과 그때의 배경들을 하나씩 떠올리면 금세 기분 좋은 1분이 만들어진다.

\# 미국 캘리포니아 요세미티 국립공원
"벌레 퇴치제는 잘 발랐어요? 선크림은요?"
혼자서 열심히 돌아다니고 있었다. 입구에서 멀어질수록 주변에 사람이 줄어들었다. 너른 벌판 뒤로 암석과 얇은 폭포들이 보여 너무나 멋졌건만, 주변에 사진을 부탁할 사람이 아무도 없었다. 포기하고 풍경에 집중하던 중, 드디어 사람이 지나갔다. 뉴질랜드에서 온 다섯 가족이었다. 엄마 등 뒤에 함께 타고 있던 막내 아기를 제외하고는 모두 자전거를 하나씩 타고 있었다. 한국인이라고 하니 첫째 아이의 친구와 둘째 아이의 학교 선생님이 한국인이라며 무척 반가워했다. 정말 순식간에 그들이 아는 모든 한국인들의 이름이 나왔다. 내가 가을에 뉴질랜드도 여행하게 될 거라고 했더니 더 환하게 웃던 아이들이었다. 모두 친절했지만 그중 아주머니는 특히 더 나를 걱정해 주며 이것저것 챙겨주려 했다. 그 이후에도 몇 번을 마주쳤는데 그때마다 온 가족이, 아주 조그마한 막내 아기까지도, 밝게 웃으며 반가워해줘서 마음이 따뜻해졌다.

#아르헨티나 우수아이아

"내일 또 봐요!"

남미 최남단, '세상의 끝'이라 불리는 우수아이아에서, 나는 세상이 끝나도 일단 빠에야는 먹어야겠다며 식당을 찾았다. 엄마와 함께 주문한 빠에야 2인분은 한참이 걸려 나왔다. 그런데 밥을 한 숟갈 떠보니 포장지 재질의 이물질이 손톱만큼 나왔다. 불쾌할 정도는 아니었지만, 그래도 이게 뭔지는 알고 싶어서 말을 해보았다. 이물질만 빼줄 줄 알았는데 주인은 바로 사과하면서 새로 만들어주겠다고 했다. 그럴 것까지는 없었는데 괜히 얘기한 것 같다며 엄마와 함께 굶주린 배를 붙잡고 후회했다. 하지만 얼마 후 처음보다 훨씬 더 풍성한 빠에야가 테이블 위에 올라왔다. 홍합, 문어, 관자, 대게 등, 밥보다 해산물이 더 많은 빠에야였다. 갑자기 식당에 대한 신뢰가 생기면서 같은 날 저녁에 대게를 먹으러 한 번 더 갔다. 대게도 역시나 실하고 맛있었다. 우리를 바로 알아본 주인은 웃으면서 내일 또 오라고 했다.

모로코 라바트

"왔어, 왔어!"

국외 거주자도 아닌 그저 스쳐 지나가는 여행자가 해외에서 투표할 수 있는 나라가 얼마나 될까. 나는 기쁜 마음으로 꽉 찬 모로코 일정에 라바트를 끼워 넣었다. 페스에서 출발해 3시간 뒤 라바트에 내려 투표를 하고, 다시 1시간 거리의 카사블랑카로 향하는 나름대로 바쁜 일정이었다. 배낭을 앞뒤로 메고 대사관에 도착해 경비원에게 어색하게 인사를 하니, 손짓으로 투표소를 안내해 주었다. 모로코 교민은 그 수가 그리 많지 않다더니, 역시나 투표소 안에는 10명 내외의 직원들이 서 있었고 투표를 하러 온 사람은 나 혼자뿐이었다. 나를 보자마자 부산스럽게 서로를 부르기 시작했다. 어디서 이렇게 주인공처럼 주목받기는 처음이었다. 민망해서 투표 직후 얼른 나가려는 나를, 직원분들이 붙잡아 사진도 찍어주고 차도 한 잔 내주고 깨끗한 화장실도 쓰게 해주었다. 그리고 대사관에서 만난 한 NGO 직원분이 나를 기차역에까지 데려다주었다. 호기심에 해본 일이 내게 잊을 수 없는 따뜻함을 가져왔다.

네덜란드 히트호른
"여기 너무 좋은데요?"

집들 사이로 물길이 지나고 다리가 지나는, 네덜란드의 베니스로 불리는 곳이었다. 이날 처음 만난 사람과 함께 조종이 가능한 배를 빌려보았다. 마을만 돌면 1시간, 마을 옆 호수까지 돌면 2시간이 걸리고, 대여 비용은 사용 시간에 따라 후불로 책정된다고 했다. 우리는 마을을 먼저 둘러보고, 호수는 나중에 결정하기로 했다. 아기자기한 마을을 한 바퀴 둘러보고 나니 탁 트인 호수에 다다랐다. 나는 곳곳에 수풀이 있는 그 넓은 호수가 마치 오카방고 델타를 떠오르게 해 당장 호수를 둘러보고 싶었으나, 대부분의 사람들은 볼 게 없다고 생각할 만한 풍경이었다. 일행이 있는 상태에서는 내 마음대로 결정하기 어려워진다. 미리 아쉬움이 들던 그때, 예상 외로 함께 있던 사람이 먼저 호수가 너무 좋다며, 마음에 쏙 든다고 말했다. 그의 말이 아니었다면 우리는 호수 입구에서 바로 마을로 돌아갔을 것이다. 그러면 그 고요한 풍경을 즐기지 못했을 것은 물론이고 낯선 호수 한가운데서 소나기를 맞을 일도 없었을 것이다. 그리고 그 비현실적임에 폭소하다가 핸들을 잡은 내가, 마을 입구에서 다른 배들과 4중 추돌을 일으킬 일도 없었을 것이다. 그러니까, 저 말 한마디 덕분에 우리는 환상적으로 혼란한 여행을 할 수 있었다.

슬로바키아 브라티슬라바

"그냥 타세요!"

언덕 위 돌로 지어진 데빈성 구경을 마치고 시내로 돌아가기 위해 버스 정류장으로 향했다. 정차해 있는 버스에 올라타려고 하니 기사가 길 건너편에서 타야 한다고, 기계에서 티켓을 구입하면 된다고 일러주었다. 티켓은 90센트, 오로지 동전만 투입이 가능했다. 가지고 있는 모든 동전을 다 뒤져서 넣었지만 조금 부족했다. 아무 가게에라도 가서 잔돈을 더 만들기 위해 기계에서 동전을 다시 빼서 챙겼다. 길 건너 작은 상점이 보여 그쪽으로 가려는데, 아까 그 버스가 회차해서 내 앞으로 왔다. 아까 그 기사는 사람들이 버스에 올라타는 도중에 직접 내려서 나에게 무슨 일이냐고, 괜찮으냐고 물었다. 그래서 동전이 부족해 가게에 가려 한다고 했더니 그는 망설임도 없이 그냥 타라고 했다. 내가 우물쭈물하니 얼른 타라고 다시 한번 이야기했다. 조금이라도 일찍 더위를 피하게 해 준 고마운 분이었다. 그 기사 한 분 덕에 나는 슬로바키아에 꼭 다시 돌아가기로 했다.

크로아티아 두브로브니크
"언니, 흐바르 다녀왔어요?"
이 말 한마디 때문에 평소라면 하지 않을 충동적인 선택을 했다. 이미 남부 끝까지 내려온 크로아티아 두브로브니크에서, 다시 되돌아 올라가는 선택을 한 것이다. 민박집에서 결성된 네 명의 흐바르 즉흥 여행 팀에, 나는 마지막으로 섭외되었다. 여유를 즐기겠다고 온 두브로브니크가 갑자기 바빠지면 후회할 것 같아 계속 거절했건만, 만만치 않은 상대를 만나버렸다. 그날 밤 와인 두어 병이 비워질 때쯤, 나는 피로는 나중에 걱정하기로 하고 합류하기로 결심했다. 다행히 흐바르섬은 안 왔으면 어쩔 뻔했나 싶을 정도로 아름다웠고, 서로 알게 된 지 24시간도 안 된 상태였던 우리는 출발 몇 시간 만에 몇 년간 알고 지낸 사이처럼 가까워져 있었다. 계획을 사수하느냐, 바꾸느냐 하는 것에 옳은 선택은 없다. 그저 그 순간 내가 더 끌리는 선택을 하면 되는 것이다. 그걸 알려준 그들에게 감사하다.

공항에서 이름이 불릴 때

"좌석을 업그레이드해 드리겠습니다."

공항에서 듣고 싶은 건 이런 말이다. "이 사람이야?" 같은 게 아니라.

그리스 아테네의 공항, 탑승 1시간 전쯤 게이트 앞에 앉아 있었다. 보통은 라운지에서 시간을 채울 만큼 채우곤 했는데, 그날따라 일찌감치 게이트 앞에 가 있고 싶었다. 호주로 향하기 전 싱가포르에 며칠 경유하러 가는 길이었다. 아시아는 언제라도 갈 수 있다며 애초에 여행 계획단계에서부터 제외해 두었는데, 원래 계획이란 수차례 다시 짜이는 법. 내친김에 한 달 뒤 뉴질랜드에서 만나기로 되어있던 부모님까지 초대했다.

"황세원?"

게이트에 있던 승무원이 갑자기 내 이름을 불렀다. 발음이 정확하지 않았지만 내 이름이라는 것쯤은 알 수 있었다. 놀라서 벌떡 일어났다.

"네?"

"황세원씨? 티켓 좀 주실래요?"

영문도 모르고 티켓을 내밀었다. 승무원은 내게 잠시 기다려 달라고 하더니 카운터 뒤로 가서 다른 승무원들과 부산스럽게 움직였다.

'티켓이 뭔가 문제가 있나?', '설마, 갑자기 자리가 남아서 업그레이드를 시켜주는 건가? 게이트 앞에서 굳이?', '아니면 나 그리스에서 잘못한 게 있나?' 온갖 상상을 하며 천국과 지옥을 오갈 무렵, 승무원이 다시 달려왔다.

"감사합니다. 티켓 다시 받으세요. 앉아서 탑승 기다려주시면 됩니다."

"무슨 문제가 있는 건 아닌가요?"

"네, 아무 문제없습니다. 감사합니다."

사유를 물어볼 틈도 없이 승무원은 바쁘게 돌아갔다. 내티켓이 필요했던 이유가 궁금했지만 너무 바빠 보여서 굳이다시 불러내지는 못했다. 중요한 건 아무 문제가 없다는 사실이었다. 부모님까지 초대한 마당에 싱가포르에 못 들어가는 일이 생긴다면 골치 아팠을 텐데 다행이었다.

미심쩍지만 무사히 비행을 마치고 싱가포르에 도착했다. 출장으로만 두 번 갔던 곳을 여행으로, 그것도 부모님과 함께 하니 반갑고 즐거웠다. 4일은 순식간에 지나갔다. 우리는 싱가포르 구석구석을 돌아다니며 유명한 맛집은 모두 들어가 보았다. 낮에는 생기 넘치는 바닷가와 다양하게 섞인 문화를 느낄 수 있는 거리들을 걸었고, 밤에는 야경이 예쁜 강가 부두 지역과 근사한 조형물들을 보았다.

짧은 주말이 끝나고 헤어질 시간, 다행히 부모님의 비행기보다 내 비행기의 시간이 더 늦었다. 싱가포르 창이 공항은 시간 보내기 지루한 공항은 아니므로, 나는 부모님과 함께 도착해 배웅해 드린 뒤 공항 라운지를 만끽했다. 그렇게 싱가포르를 마지막까지 싹싹 긁어 즐긴 기분이었다.

탑승 시간이 다 되어 게이트 앞에 줄을 섰다. 항공사 직원들이 줄 서 있는 사람들의 여권을 검사했다. 그런데, 검사하는 사람이 의미심장한 눈빛으로 내 얼굴을 한번 유심히 보는 것이었다.

"이 사람이야?"

그는 옆에 있던 남자에게 내 여권을 건네주었다. 그 남자는 직원에게 맞다고 답하는 동시에 내게 근엄한 표정으로, 이쪽으로 오라고 손짓으로 불러냈다. 나는 줄을 이탈해 천천히 다가갔다. 입술이 바짝 마르는 것이 느껴졌다.

"안녕하세요, 저는 호주 이민국에서 나왔는데요."

오만가지 생각이 머릿속을 스쳐 지나갔다. '왜 또 이러는 거지?', '호주 입국 까다롭다던데 수하물로 부친 배낭에 무언가가 있었나?', '아테네 공항에서 불렸던 것과 관련이 있나? 그때 문제없다더니, 거짓말쟁이들!'

"호주에 얼마나 있을 거예요?"

짐 속에 뭐가 있나 정도로 시작할 줄 알았는데, 첫 질문은 대단히 쉬웠다.

"음… 한 달… 정도요?"

"무슨 일로 가는 거죠?"

"그냥, 놀러 가는 건데요…."

"싱가포르에서는 뭘 했나요?"

"싱가포르에서도 여행했어요."

"네, 그럼 좋은 비행하세요."

"네?"

남자는 웃으면서 여권을 돌려주었다. 이번에도 별일 없이 끝났으니 다행이었지만, 이번에는 이 황당하고 이해되지 않는 상황에 대한 해답을 꼭 얻고 싶었다.

"근데 저, 왜 걸린 거예요?"

"그냥 랜덤이에요."

아, 랜덤이구나. 아니, 이게 아닌데…. 왜 랜덤으로 나를 골라서 저렇게 단순한 질문들을 하고 보내주는 거지? 그러나 그는 이미 저 멀리 가버렸고 탑승 대기줄은 줄어들고 있었다.

별로 친하지 않은 사람이 '저기…'하고 나를 불렀다가 '아, 아니야.'라고 해버린 느낌이었다. 좋은 일인지 나쁜 일인지 알 수는 없지만, 꼬치꼬치 캐물었다가 긁어 부스럼 될까 봐 더 묻지도 못하는. 호주에 처음 가는 사람이라 그냥 형식적으로 불러본 것인지, 아니면 아테네에서부터 무언가가 잘못 꼬인 것인지, 나는 아직도 의문이 풀리지 않았다. 혹시 매트릭스에서 내 여행을 감시하다, '어라, 애 왜 갑자기 싱가포르에 들르는 거야?'하며 검문을 한 걸까 하는 다소 황당한 상상까지 해보았다.

식당에서 이름이 불리면 기분이 좋고, 병원에서 이름이 불리면 긴장된다. 공항에서 불리는 이름은 설렘 반 공포 반이었다. 다음에는 그 절반의 설렘과 이어지는 부름이었으면 좋겠다. 부디 다음에 공항에서 내 이름이 불릴 때는 "업그레이드해 드릴게요!"라는 말이기를.

모래 뒤에 숨겨진 것들

사막이 아름다운 건, 어딘가에 오아시스가 숨어있기 때문이라고 했던가. 하지만 사막에 숨어있는 건 오아시스만이 아니다. 나는 사막에 갈 때마다 치열한 전투를 치렀다. 사막은 매번 다양한 방법으로 나를 공격했고, 나는 반격 한 번 제대로 못 해보고 수비만 하다 도망쳤다.

1차전: 언덕 위의 공포

페루 이카의 사막은 백사장처럼 하얗고 고운 모래가 쌓여 있는 언덕들로 가득했다. 이 언덕 위를 넘나들기 위해서는 버기카라는 것을 타야 했다. 버기카는 사면이 완전히 뚫려 있는, 마치 놀이 기구 좌석과 같은 모습이었다. 나는 놀이 기구를 싫어한다. 특히 가파른 곳을 내려갈 때 심장이 철

렁 내려앉는 기분이 너무 싫다. 그런데 이놈의 버기카에는 안전장치조차 없었다. 불안한 마음으로 차의 아무 부분이나 꼭 붙들었다. 모래언덕의 굴곡을 온전히 느끼며 심장이 몇 차례 곤두박질쳤다.

그런데 고역 같은 시간은 그것으로 끝이 나지 않았다. 그 가파른 모래언덕을 엎드린 채 썰매를 타고 내려가는 샌드 보딩 시간도 준비되어 있었던 것이다. 많은 사람들이 너무나도 재미있다고 극찬하는 동안, 나는 마음속으로 공포 체험을 준비했다. 버기카가 롤러코스터를 타는 기분이었다면, 샌드 보딩은 롤러코스터에서 좌석까지도 빼앗기는 형국이었다. 하지 말까 하는 고민도 잠시 했지만, 이왕 여행 온 거 내 두려움에 맞서 보자는 바보 같은 결심을 해버렸다. 엎드린 순간 나의 결정을 곧장 후회했다. 풍경 감상이고 뭐고, 내려가는 그 짧은 순간 동안 실눈을 뜬 채 이 시간이 빨리 지나기만을 기다렸다. 공포 끝에 남은 건 주머니마다 가득 채워진 모래뿐이었다.

2차전: 모래 총알 발사

모로코에서는 사하라 사막 어딘가에서 하룻밤을 보냈다. 모래 세상이 시작되는 사막의 입구에서 밤을 보낼 캠핑장까지는 꽤나 떨어져 있어, 낙타를 타고 가야 했다. 버기카가 없다는 사실에 안심이 되었다. 그래, 사막은 역시 낙타지. 내게 사막에 대한 환상이 처음 생긴 데에는 낙타를 탄 고고하고 평화로운 모습의 사진들이 크게 한몫했었다. 나도 한 번 그렇게 높은 낙타의 등에 올라 모래바닥을 멀리 내려다보며 우아하게 타 보리라 생각했다. 하지만 세상은 멈춰진 사진이 아니다. 능숙한 척 폼을 잡은 지 불과 몇 분 만에, 모래알들이 미친 듯이 온몸을 강타하기 시작했다. 사전에 가이드가 경고해 주어 얼굴은 스카프로 잘 감싸고 두 눈은 선글라스로 보호막을 해두었지만, 그건 아주 최소한의 조치였을 뿐이었다. 하필 반팔 티셔츠를 입고 있어 맨살이 드러난 팔을 모래알들이 총알처럼 사정없이 파고들어 너무 아팠다. 주위를 둘러보니 다들 모래바람을 피하기 위해 자세를 최대한 낮추고 얼굴은 팔로 감싸고 있어, 마치 줄줄이 어디론가 연행되는 듯한 모습이었다. 따가운 모래알들을 맞는 인간도, 인간과 짐을 무겁게 실어 날라야 하는 낙타도, 모두가 처참해질 뿐 승자는 없었다. 이번에도 역시 남은 건 옷과 가방 속 구석구석 침투한 모래알들뿐이었다.

3차전: 태양과 바람의 쌍방 공격

삼세번의 행운이 있기는 한 건지, 나미비아 나미브 사막은 멋지다는 걸 인정할 수밖에 없었다. 이카 사막과 사하라

사막은 그저 광활한 모래밭뿐이었다면, 나미브 사막은 그것보다는 다양한 절경들이 기다리고 있었다. 특히 바싹 말라 죽은 나무들이 몇백 년간 같은 모습으로 남아있는 데드 블레이는 그 어디서도 볼 수 없었던 비현실적인 풍경이었다. 노랗게 마른 모래바닥과 주황색 언덕, 그 위의 푸른 하늘까지 세 개의 층으로 이루어진 배경을 검은 나뭇가지들이 가로지르고 있었다. 태양이 강렬하고 뜨거워 숨이 막힐 정도였지만, 그래도 이런 풍경을 위해서라면 참아볼 만하다는 생각도 잠시 들었다.

그러나 거기서 끝났다면 사막이 아니었을 것이다. 나미브 사막이 끝나는 지점, 사막이 곧장 바다를 만나 서로에게 적셔지는 샌드위치 하버라는 곳이 있었다. 모래 언덕이 바닷물을 만나듯, 모래바람과 바닷바람의 격한 만남 역시 이루어지는 곳이었다. 모래 언덕의 모래알들은 힘찬 바람을 타고 흩어지고 있었고, 바다에서는 파도가 거세게 일어 모래사장을 적시고 있었다. 사하라의 악몽이 다시 일어난 것이다. 거센 바람에 머리카락과 옷가지가 휘날렸는데 동시에 햇빛은 어마어마하게 강해서 땀까지 났다. 사하라에서는 긴 바지에 반팔 티셔츠였는데 이번에는 긴팔 셔츠에 반바지 차림이었다. 맨 다리에 모래알들이 아프게 강타했다. 고개를 숙여 숨어볼 낙타의 등조차 없었다. 정신없이 바람을 맞은 뒤에는 신발과, 머리카락과, 입안에까지 침투한 모래들을 꺼내 버리느라 힘들었다.

4차전: 파리떼의 공격

'세상의 중심'이라 불리는 호주 울룰루[15]는, 호주 친구들이 진작부터 그저 큰 바위일 뿐이라고 경고했다. 그러나 '세상의 중심', '세상의 끝', 이런 이름들은 사람을 끌어당기기 마련이다. 그리고 바위들이 있는 사막이라면, 모래 언덕들이 있는 곳보다는 낫지 않을까 하는 희망도 있었다. 적어도 샌드 보딩이나 모래알 총알 같은 것들에서는 무사할 테니까 말이다. 그러나… 이번에 나를 기다린 건 악명 높은 파리 떼였다. 내 주위를 윙윙거리며 날아다니는 것까지는 참을 수가 있었는데, 이곳 파리들은 자꾸만 내 얼굴 위를 기어 다녔다. 차라리 가만히 앉아있기만 하면 좀 나았으련만, 파리들은 절대 가만히 있지를 못하고 이마, 콧등, 볼, 턱 위를 징그럽게 기어 다녔다. 태어나서 파리의 다리들을 동시다발적으로 느낀 것은 처음이었다. 스멀스멀, 불쾌하게 나를 간질였다. 손부채질만으로는 쫓아낼 수가 없어서, 사람들은 각자 손에 나뭇가지나 긴 풀 등을 들고 흔들어댔다. 모두가 유령과 싸우는 모양새였다. 그럼에도 파리들은 대체 어떤 능

---

15 울룰루(Uluru): 호주 중부 사막에 위치한 거대한 모래바위. 호주 원주민들에게 매우 신성시되는 곳이다.

✳

력이 있는 건지, 기가 막히게 틈을 비집고 들어왔다. 우리는 주유소 바람 인형처럼 쉼 없이 온몸을 움직이며 쉼 없이 부채질을 했다.

사막은 모든 것이 모래로 뒤덮여 마냥 차분하고 평화로울 줄 알았다. 하지만 사막은 결코 정적인 공간이 아니었다. 햇빛과 바람과 별들, 그리고 아주 작은 모래알 하나까지도 끊임없이 넘실거리는 곳이었다. 사막이 아름다운 건, 그 모든 것들이 저마다의 활기로 살아내고 있기 때문은 아닐까.

코알라는 왜 유칼립투스 잎을 먹을까

코알라들은 왜 유칼립투스 잎만 먹을까? 코알라들의 주식인 유칼립투스 잎에는 열량이 거의 없어, 에너지를 많이 얻지 못한다. 그래서 코알라들은 하루 중 20시간을 자고, 깨어 있는 동안은 유칼립투스 이파리를 열심히 섭취한다.

혹시 중독성이 있나? 하지만 마약 성분은 없다고 한다. 다만 독성이 있어, 코알라가 아닌 다른 포유류가 먹으면 죽을 수도 있다고 한다. 새끼 코알라들 역시 소화시키기 어려워하기 때문에, 처음에는 어미의 변을 먹는 것에서부터 시작한다는 이야기도 들었다.

그런데도 왜 굳이 유칼립투스만 고집하는 걸까? 좀 더 열량이 높은 식량을 찾아 먹으면 할 수 있는 일이 더 많지 않을까? 독성이 없는 이파리를 먹으면 새끼들도 쉽게 식사하고 어미가 할 일도 줄지 않을까?

그러나 그건 어디까지나 인간의 시각일 뿐이리라. 정작 코알라들은 만족스럽게 살고 있는지도 모른다. 그 어떤 코알라도 '우리 더 많이 움직이기 위해 다른 식량을 찾아보자!'고 독려하지도, '우리 계속 이렇게 살면 발전이 없는 거 아닐까?' 걱정하지도 않는다. 만약 그런 코알라가 있다면, 리처드 바크의 소설 〈갈매기의 꿈〉의 조나단처럼 책 속 주인공이 될 수는 있겠지. 하지만 세상은 책이 아니고, 모두가 조나단이 될 필요는 없다. 코알라들은 늘 그래왔듯이 똑같이 살아간다. 그들은 최대한 오랫동안 한자리에 머물고, 앉아있는 가지에 더 이상 잎이 없으면 그제야 나름의 대이동을 한다. 옆에 있는 다른 가지로.

새끼를 품에 안고 가지 위에 앉아 꾸벅꾸벅 졸고 있는 코알라를 한참 동안 바라보았다. 무슨 꿈을 꾼 건지 갑자기 눈을 번쩍 뜬다. 아주 잠깐 눈이 마주쳤지만, 코알라는 금세 다시 눈을 감는다. 스르르, 고개를 천천히 흔든다. 마치 내게 그렇게까지 애쓰지 않아도 괜찮다고, 고갯짓으로 토닥이는 것 같았다. 스스로를 너무 재촉하지 말라고, 가끔은 너도 나처럼 살아보라고.

*

반짝이는 것들 아래

캠핑은 집에서 누릴 수 있는 모든 안락함을 포기하는 일이었다. 캠핑장의 화장실 상태는 변기에서부터 어둠 속에 적당히 판 구덩이까지 아주 다양했고, 샤워 직후 흙탕물을 밟아 씻은 게 소용없게 되는 일도 다반사였다. 자고 일어났더니 개미 떼가 텐트 틈에 왕국을 지어 놓은 적도 있었고, 원숭이들이 너무 가까이 다가와 아찔했던 순간들도 있었다. 가끔 아무런 시설도 갖춰지지 않은 곳에서 캠핑을 할 때면 불편함이 불안함이 되기도 했다. 무언가 텐트를 스치면 무해한 초식동물이기를 바라며 마음 졸인 적도 있었고, 땔감 나무를 줍다가 난 다리의 상처가 덧나지 않도록 약을 수시로 바르기도 했다.

그러나 불편함이라는 것은 꾸밈없는 날 것에서 오는 것

이다. 아무것도 가려지지 않는, 가릴 수도 없는, 그런 자연 그대로의 상태. 그러니 나는 할 수만 있다면 캠핑을 택했다. 어느 정도의 편안함을 되찾을 때면, 어김없이 그 불편함이 그리웠던 것이다.

우리는 늘 진짜 모습을 숨기고 산다. 그래서 세상에는 의도했든 의도하지 않았든, 표면에 드러난 것들은 거짓이나 왜곡된 것들인 경우가 많다. 그러나 캠핑만큼은 겉치레도 꾸밈도 모두 무의미한 일이다. 천 쪼가리가 벽과 지붕과 문을 대신하고 나무와 나무 사이에 걸어 둔 빨랫줄에는 내 속옷들이 바람에 말려지는 공간에서, 우리는 아무것도 숨길 필요가 없다.

그건 자연도 마찬가지다. 깊숙한 자연으로 들어가면 벤치와 벽돌 길이 나 있는 공원도 없고, 지붕으로 덮인 식물원도 없으며, 정갈하게 칸이 나누어진 동물원도 없다. 빗속에서 텐트를 칠 때면 눈으로 들어오는 빗방울뿐 아니라 비를 머금은 주위 모든 것들과 사투를 벌여야 했고, 마른 땅에 자리를 잡고 앉으면 내 다리는 땅과 하나가 되어 온갖 곤충들이 기어올라왔다. 보츠와나에서는 어두운 밤 눈앞에 코끼리가 지나가기도 했고, 호주에서는 텐트조차 없이 스와그[16]에

---

16 스와그(swag): 스와그는 1인용 텐트를 의미하는데, 호주식 스와그는 텐트 재질의 대형 침낭 같은 것이어서 고개를 밖으로 내밀고 잠을 잘 수 있었다.

서 고개를 완전히 밖으로 내민 채 머리맡을 맴돌던 딩고[17]의 발소리를 듣기도 했다.

　밤이 되면 가장 고대했던 진실이 드러난다. 밤에는 그 누구도 혼자가 아니었다는 사실이. 창문 밖으로 내다보는 밤하늘은 도시의 불빛에 가려져 늘 반만 보인다. 그러나 사람들과 멀어지면 멀어질수록, 밤하늘에는 더 많은 존재들이 펼쳐져 나를 반긴다. 수많은 투명한 점들은 마치 툭 치면 쏟아져 내릴 것만 같은 모습으로, 깊고 검은 하늘을 온몸을 다해 밝힌다. 그러면 나는 비로소 우주를 이해할 수 있다. 똑같아 보이는 별들도 제각각의 크기와 제각각의 반짝임으로 존재하고 있으므로, 나도 나만의 반짝임으로 존재할 수 있다. 더 이상 내게는 숨을 곳이 필요 없다.

　그 누구도 완전히 가려질 수 없는 공간에서의 밤을 또 한 번 꿈꾼다. 잠이 드는 순간까지 살랑이는 나뭇잎들과 주위를 감싼 깊은 밤하늘을 눈에 담을 수 있는 곳. 다음에는 어떤 그림들이 나를 기다리고 있을까.

---

17 딩고(dingo): 호주의 야생 개

＊

아직 열지 못한 와인병들을 기억하며

‘밥 한번 먹자’보다도 더 불확실한 약속이 있다.

"곧 또 보자!"

성인이 되니 같은 도시에 사는 친구와도 이전만큼 자주 만나기 쉽지 않아졌다. 그러니 타지에서 만난 타지 사람에게 하는 ‘곧’이라는 약속은 얼마나 희미한가. 그저 1%의 가능성에 희망을 품으며 건네는 말이다. 이나에게 이 말을 할 때도 마찬가지였다.

이나는 프랑스 교환학생 시절에 만난 친구다. 단 한 학기를 함께 보냈고, 심지어 초반에는 서로의 존재를 알지 못해 우리가 실제로 교류한 시간은 그보다도 짧다. 막 친해지기 시작했을 때 우리는 집으로 돌아가야 했다. 나는 한국으로, 이나는 뉴질랜드로.

＊

그곳에서 '곧 또 보자'는 말을 주고받은 사람은 수도 없이 많았다. 그중에는 한국에 사는 한국인 친구들도 많았고, 당연히 그들과는 그 말을 지킬 가능성이 훨씬 더 높아 보였다. 그런데 확률은 참 재미있는 것이다. 결국 지나고 보면 확률은 무조건 50 대 50이다. 다시 만나거나, 다시 만나지 않거나. 대부분 각자의 일상에 집중하다 흐지부지 연락이 끊겨버린 반면, 이나와는 연락이 꾸준하게 이어졌다. 시간이 오래 걸리긴 했지만 우리는 만나는 50에 성공했다.

"우리 8년 만에 만나는 거 맞지?"

오클랜드 공항에 꽃다발을 들고 나타난 이나를 끌어안았다. 공항에서 이나의 집까지 가는 동안 우리는 조금의 어색함도 없이, 마치 어제 만난 사이처럼 끝도 없는 수다를 이어갔다.

"너 오면 기념하려고 아껴둔 거야!"

이나는 우리의 띠인 용의 해에 담가진 와인을 꺼내왔다. 지난 5년간 숙성시킨 와인이었다. 여행이 끝나간다는 왠지 모를 허무함은, 거의 강산이 변했을 시간이 흐른 뒤 만난 이나와의 와인 한 잔에 녹아내렸다. 두 잔이 부딪친 그 순간만큼은 내 여행이 끝을 향해 달려가는 것이 아니라, 어쩌면 이 친구를 만나기 위해 지구를 한 바퀴 돌아온 것만 같은 착각에 빠졌다.

이나는 와인 전문가 자격증까지 보유한, 지금은 와인 사업을 하고 있는 친구다. 하지만 이나를 와인으로만 설명할 수는 없다. 이나의 열정은 하프와 꽃에도, 도자기에도 있고, 어느 것 하나 완전히 내려놓지 않고 꾸준하다. 나도 하고 싶은 게 많은 사람이라, 우리는 늘 서로의 꿈을 공감하고 응원한다. 우리가 결국 다시 만난 건, 그러니까 당연한 일이다.

모든 약속은 와인과 같을지도 모른다. 한 번씩 꺼내 보면서 만지작거려보는 와인일 수도 있고, 구석 어딘가에 숨겨둔 뒤 잠시 잊어버리고 만 와인일 수도 있다. 그렇지만 그 어느 것 하나 사라진 것은 없다. 단지 아직 열지 않았을 뿐.

와인은 기다릴수록 그 맛이 더 훌륭해진다. 정말 좋은 시간도 오랜 기다림 끝에 느낄 수 있다. 나는 내게 남은 와인병들을 언젠가 다 열어볼 수 있으리라고 믿는다. 이나의 와인을 드디어 함께 비우며, 아직 열어보지 못한 빨갛고 하얀 와인병들을 찬찬히 기억해보았다.

*

아빠, 우리 카약 타러 가자

아빠 – "아까 공연장에 남자는 거의 없더라."

나 – "그래서, 아빠는 다음부터 안 갈 거야? 민망해?"

아빠 – "아니, 갈 건데? 뭐가 민망해? 그냥 사실을 이야기한 거야."

엄마 – "너네 아빠는 이 나이에 해수욕도 신나게 하러 가잖아, 따지자면 해수욕하는 게 더 창피하지."

아빠 – "해수욕에 나이가 따로 있나? 즐거우면 됐지."

나 – "하긴, 아빠는 뭐, 뉴질랜드 빙하 물에도 멋지게 빠져봤는데, 뭐가 더 이상 창피하겠어."

아빠 – "너랑 너네 엄마 재밌으라고 내가 일부러 빠져준 거야."

엄마, 나 – "뻥치시네!"

뉴질랜드는 내 세계여행 마지막 종착지이기도 했지만, 부모님의 결혼 30주년 기념 여행지이기도 했다. 10월의 뉴질랜드는 완연한 봄이었다. 우리는 녹음이 가득한 오클랜드에서 만나 벚꽃이 한껏 피어 있던 남섬의 퀸스타운을 거쳐 밀포드 사운드 피오르드까지 갔다. 트레킹을 할 수 있었으면 좋았겠지만 1년 전부터 예약이 가득 차는 곳이어서, 대신 우리는 배 위에서 하룻밤 자면서 풍경을 즐기기로 했다.

첫날 오후에는 카약 또는 10명 남짓이 탈 수 있는 작은 배를 타고 배가 정박한 곳의 주위를 둘러볼 수 있는 시간이 주어졌다. 엄마와 나는 작은 배를 선택했고 아빠는 카약을 택하셨다. 나도 웬만하면 카약을 선택했겠지만, 그날은 갑자기 빅토리아 폭포에서 래프팅 중에 물에 빠졌던 게 불현듯 머릿속에 스쳐 지나갔다. 인정하고 싶지 않지만 아빠는 나보다 운동신경이 좋으시다.

그래도 한 번도 타본 적이 없는 걸 50대 후반 뉴질랜드에서 도전하시다니, 역시 우리 아빠다웠다. 나와 엄마가 탄 배가 먼저 출발하고, 아빠를 비롯한 카약 팀이 뒤이어 출발했다. 아빠의 첫 카약 기념사진을 찍어드리고 싶었지만 아쉽게도 우리 배는 출발하자마자 너무 멀리 가버리고 말았다.

아빠와는 멀리 떨어져 작은 펭귄들에 집중하며 구경하던 중, 뜻밖에도 배가 갑자기 카약을 타는 무리 쪽으로 전속력

으로 달리기 시작했다. 이제 아빠 사진을 찍어드릴 수 있겠다며 카메라를 꺼내 들었는데, 15명 정도 되는 인원 중 아빠만 안 보이는 것이었다. 엄마와 둘이 '아빠, 물에 빠진 거 아니야?'라며 킥킥 웃었는데 정말로 아빠가 물에 빠져 있었다. 뉴질랜드 청정 빙하가 녹은 차가운 협곡 물에. 구명조끼를 입은 아빠는 물 밖으로 머리를 겨우 내밀고 있었고, 아빠가 타고 있던 노란 카약은 그 앞에 뒤집어져 있었다. 우리 배는 아빠를 구하러 그렇게 급하게 간 것이었다. 엄마와 나는 폭소를 했고 주위 사람들은 어쩔 줄 몰라 했다.

아빠는 그날의 주인공이 되었다. 선상 석식 뷔페에서는 주방장이 직접 아빠를 불러 주기도 했다.

"오늘 수영하신 분이 있다고 들었는데 어느 분이신가요? 어서 나와서 가장 먼저 음식을 떠가세요!"

아빠한테 춥지 않으셨냐고 여쭤보니 추위고 뭐고 그냥 창피했다고 하셨다. 밀포드 피요르드에는 빙하가 녹아내린 물뿐 아니라 근처의 바닷물까지 섞여 있어 소금물에 젖은 옷과 신발을 헹구고 말리는 것이 보통 일이 아니었다. 직원들이 늦은 시간까지 도와주어서 고맙고 미안하고 또 민망하셨을 것이다. 게다가 하필이면 모르는 사람들과 꼼짝없이 하룻밤을 함께 보내야 하는 곳이었으니 말이다. 하지만 나는 아빠가 자랑스러웠다. 낯선 것을 꺼릴 수도 있는 나이에,

이렇게 먼 나라에서 자신 있게 새로운 도전을 할 수 있는 분이라는 것이.

아빠는 내가 세계일주를 떠나겠다고 했을 때 "와, 부럽다. 나도 가고 싶다!"라고 하신 분이다. 내가 여행을 좋아하게 된 것은 어릴 때부터 아빠가 주말마다 가족을 이끌고 전국 방방곡곡 돌아다니신 덕분이다. 이제는 내가 아빠를 모시고 다닐 수 있는 입장이 되었는데, 생각해보니 아빠와는 단둘이서 먼 곳을 여행한 적이 한 번도 없었다. 엄마와 아르헨티나에서 탱고를 추고 베트남에서 요리 체험을 할 동안, 아빠와는 따로 돌아다닐 기회가 없었다. 이제 아빠도 좀 챙겨야겠다.

"아빠 뭐해? 뭐야, 또 부고 봐?"

"이 사람은 내 나이인데 벌써 죽었대."

"아, 이런 것 좀 보지 마!"

나는 아빠를 많이 닮았다. 우리는 둘 다 죽음 그 자체보다는, 모험이 끝나는 그 순간이 두렵다. 아직 세상에 해보고 싶은 것이 얼마나 많은데, 그런 크고 작은 도전들을 더 이상 할 수 없는 순간이 언젠가 올 것이 두렵다.

모험이 절대 끝나지 않을 거라는 약속을 할 수는 없겠지만, 아직 아빠와 엄마의 인생에 남은 모험이 무궁무진하다는 것은 꾸준히 상기시켜드릴 것이다. 같이 가장 멋진 풍경도 보러 가고 싶고, 가장 달콤한 디저트도 찾아 먹고 싶다. 어쩌면 같이 카약을 타다 물에 빠지게 될지도 모를 일이다.

방심은 금물

내가 여행 중에 크게 화를 낸 일이 딱 두 번 있었다. 한 번은 나미비아에서 경찰한테, 다른 한 번은 뉴질랜드에서 여행사 직원한테.

어렸을 때부터 나는 〈반지의 제왕〉을 열렬하게 좋아했다. 뉴질랜드 여행을 하고 싶다는 생각을 처음 하게 된 것도, 그 시리즈의 영화들이 뉴질랜드에서 촬영되었기 때문이었다. 그러니 호빗 마을인 호비튼 촬영지에 방문하던 날은, 일생일대의 소원을 이루는 날이었다. 출발하던 날 요란하게 신나 있던 나를 보며 아빠는 고개를 절레절레 흔드실 정도였다.

둥근 문이 인상적인 호빗 집들은 집집마다 예쁜 정원과 소품들로 아기자기하게 꾸며져 있었다. 영화의 한 장면 속에 들어선 기분을 느끼며 나는 행복하게 호비튼 투어 가이드를 따라다녔다. 가이드는 촬영장 에피소드들을 설명하며 어떤 장면이 기억나느냐, 이 대사를 누가 했는지 기억하느냐, 등의 퀴즈를 자주 냈고, 나를 포함한 대부분의 열성 팬들은 즉각적으로 대답을 했다. 기념품을 잘 사지 않는 편이지만, 이날을 기념하기 위해 시리즈의 무대가 되는 '중간계' 지도까지 하나 사 왔다. 나는 지도를 구겨지지 않게 고이 모시고 다녔는데, 그런 나를 보며 우리 가족은 '반지원정대'가 아닌 '지도원정대'라며 나를 놀려댔다. 잠시 뒤, 우리가 다 함께 '오클랜드원정대'가 되어버릴 줄은 꿈에도 모른 채.

'로토루아에서 오후 1시 호비튼 투어 시작, 종료 후 마타마타에서 45분 대기 후 오클랜드행 버스 탑승'

여행사에서 받은 1박 2일 간의 일정표 중 둘째 날 일정은 이 한 줄이 전부였다. 그런데 로토루아에서 출발하는 호비튼 투어 버스는 1시가 아니라 1시 20분 출발이었고, 일정표에 대기 장소로 적힌 마타마타 정거장은 호비튼 입구에서 차로 20분가량 떨어진 곳이었다. 45분 대기라는 건 도대체 어디서 나온 계산이었을까? 심지어 우리는 마타마타 정거장으로 이동해야 한다는 사실도 투어가 끝나고 나서야 알게 되었다. 호비튼도 주소지는 마타마타다. 에버랜드에서 서울로 돌아가려면 용인에서 버스를 타면 된다고 적혀있는 것이나 마찬가지였다.

하필 호비튼 가이드의 실수로 투어마저 15분가량 늦게 종료된 상황, 그럼에도 우리는 45분이라는 여유 시간을 철석같이 믿고 있었기에 조급하지도 않았다. 뒤늦게 사태 파악이 된 뒤에야 여행사에 전화를 걸어보니 지금 호비튼에서 마타마타 정거장으로 이동한다 해도 오클랜드로 향하는 이날의 마지막 버스는 타지 못할 거라고 했다. 내 담당자는 휴가 중이어서 다른 직원과 통화 중이었기에 최대한 차분하게 자초지종을 설명했다. 구멍투성이인 일정표부터, 투어가 늦게 끝난 것까지. 일정표에 마타마타 정거장으로 이동해야 한다는 설명이라도 있었다면 우리는 투어가 지연될 때 가이드에게 상황을 미리 알릴 수라도 있었을 것이다.

"그럼 지금 호비튼에서 마타마타로 가시는 거죠? 마타마타에서 오클랜드로 가실 수 있게 택시를 불러드릴게요."

"네, 지금 마타마타행 버스에 타 있어요. 오클랜드까지 택시 비용은 얼마 정도 드나요?"

"택시는 250달러 정도 나올 거예요."

"그럼 이건… 나중에 여행사에서 다시 지불해 주시는 것이죠?"

"글쎄요, 여태까지 그 버스를 놓친 사람은 단 한 명도 없었는데요."

그 순간, 꾹꾹 눌러 둔 분노가 뻥 터지고 말았다. 안 그래도 여행사의 나몰라라 서비스에 실망에 실망이 뒤를 잇는 중이었는데, 이제 정말 정점을 찍어버렸다. 물론 여행사에서도 무작정 내 말만 믿을 수는 없었을 테지만, 사정을 듣고도 그 어떤 사과나 공감 없이 무조건 우리 탓으로 돌리는 듯한 태도와 말투에 화가 났다. 예약해준 직원이 아니니 차분하게 통화하겠다던 내 다짐은 온데간데없이 사라졌다.

"이렇게 직접 다 알아서 해야 하는 거면 그냥 자유 여행을 하지, 왜 여행사를 통해 예약하나요?"

큰 소리는 아니었지만 단단히 화가 난 목소리였는지, 지금 생각하면 참 미안하게도 미니버스에 같이 올라타 있던 승객들이 말 한 마디 꺼내지 않고 조용했던 것 같다. 그러나 그 직원은 여전히 궤변만을 늘어놓았다.

"버스 때문에 문제가 있었던 적이 없다니까요?"

결국 나는 그동안 쌓여 있던 걸 다 쏟아냈다. 호텔이 변경된 사실을 도착 하루 전에 통보해준 일, 조식도 몇 번이나 얘기했는데 호텔에 가보니 신청이 안 되어 있던 일, 그리고 성의 없는 둘째 날 일정을 하나하나 다 읊었다. 그제야 여행사 직원은 잠시 숨을 고르는 듯하더니, 나중에 잘못을 가려 비용을 환불해줄 수도 있다는 소극적인 답변을 내놓았다.

✳

화가 풀리지는 않았지만 그래도 다짜고짜 우리를 탓하던 태도는 사라져서, 나도 그쯤에서 그만두었다.

통화가 끝날 무렵 마타마타 시내에 도착했다. 우리를 태워준 버스 기사는 내내 통화 내용을 들으며 마음이 쓰였는지, 우리와 함께 내렸다. 도착해 있을 거라던 택시가 와 있지 않아 다시 여행사로 전화를 걸던 중에, 엄마가 오클랜드행 시외버스가 한 대 오는 것을 발견하셨다. 원래는 그 시간대에 지나는 버스가 없었는데 아마 연착이 된 모양이었다. 불러 세운 버스에는 다행히 자리가 있었고 3명에 70달러라고 했다. 다급히 버스 비용을 지불하는 동안 호비튼에서 우리를 태우고 온 버스 기사는 우리에게 여행을 잘 마무리하기를 바란다고 말해주며, 우리 사정을 오클랜드행 버스 기사에게 대신 전해주었다. 나미비아 고속도로 한복판에서 나와 친구를 달래 주던 경찰이 떠올랐다. 우리가 뉴질랜드에 대한 좋은 기억만 가져가기를 바라는 기사 분의 마음이 느껴져, 흥분을 조금 가라앉힐 수 있었다.

당연히 버스 비용 70달러는 귀국 후 모두 돌려받았다. 나는 장문의 메일을 통해 자초지종을 다시금 설명했고, 여행사에서는 내 메일을 받은 뒤 호비튼 측과도 내용을 대조해보고는 우리에게 사과했다. 또한 우리가 타기로 되어있던 오클랜드행 버스는 우리의 호비튼 투어가 마칠 때까지 기다렸어야 했다며, 프로그램 내부 커뮤니케이션에도 문제가 있었음을 인정했다.

출발 전 일어나는 사건사고들은 액땜이라고 치부할 수 있지만, 여행 마지막 날을 앞둔 사건사고는 뭐라고 해야 할까? 교훈이라고 하기에는 너무 진부하다. 그냥 그날 밤 마신 칵테일을, 내 여행에서 마지막으로 마신 술을, 더 달콤하게 만들어준 안주라고 생각하기로 했다. 소설과 영화에서도 끝이라고 생각한 순간에 뜻밖의 반전이 일어나곤 한다. 마지막이라고 해서 굳이 순탄하면 재미없으니까.

시간을 내어준다는 것

 호주 멜버른 근교에 아프리카 여행에서 처음 만났던 자넬과 크리스의 집이 있었다. 신혼여행을 아프리카로 간 이들 부부와는 5주간 함께 여행하면서 가족 같은 의리가 생겼고, 둘은 계속 내게 호주는 언제쯤 오냐고 물어보았다. 내가 호주 여행을 위해 준비한 건 항공권 하나뿐이었는데, 둘은 나를 위해 회사에 휴가도 내고, 방도 준비해 주고, 나와 함께 구경할 곳들을 예약해 주었다.

 크리스와 함께 근교 해변과 언덕 위 전망 좋은 곳에서 바람을 쐰 뒤, 오후에는 반차를 내고 달려온 자넬과 함께 더 강력한 바람을 맞으러 기차를 탔다. 증기기관차 퍼핑 빌리는 창문에 두 다리를 내놓고 타는 것으로 유명한 교외의 자그마한 기차였는데, 그날 창틀에 앉아있는 사람들은 우리

둘뿐이었다. 혹시 그러면 안 되나 싶어서 함께 타고 있던 어르신 자원봉사자 승무원께 여쭤보니, '이 추위에 바깥에 다리를 내놓을 미친 사람이 더 없는 것뿐이죠!'라는 유쾌한 답변이 돌아왔다.

숲속에 위치한 친구들의 집에서는, 창밖에 캥거루들이 뛰어다니는 걸 볼 수도 있었다. 아프리카에서 누군가가 호주에서는 집에서 캥거루들을 볼 수 있느냐고 물었을 때 '호주라고 동네에 캥거루와 코알라들이 다니는 줄 아느냐'고 답하던 이들이었지만, 막상 내가 도착하니 '사실 우리 집에서는 캥거루를 볼 수 있어.'라며 이실직고했다. 주머니 안에 새끼까지 데려온 캥거루 가족은 처음에는 우리를 살짝 경계하는 듯했지만 곧 풀 식사를 맛있게 이어갔다. 우리도 저녁을 먹으러 가기로 했다.

"비밀스러운 건데, 너 오면 서프라이즈로 보여주고 싶은 게 있었어."

"집 앞에 캥거루가 뛰어다니는 것보다 더 큰 비밀이 있었단 말이야?"

친구들이 데려가 준 곳은 동물구조사 일을 하는 친구 집이었다. 그 집에는 웜뱃[18]이 있었다. 원래는 집에서 키워서는 안 되는 동물이기 때문에, 비밀스러운 일이라고 한 것이

---

18 웜뱃(wombat): 호주의 초식동물. 굴을 파서 생활하는 야행성이다.

다. 원칙적으로 동물은 구조하면 구조한 장소에 그대로 풀어주어야 하는데, 그 장소가 고속도로 같은 위험한 곳이고 동물이 어미를 잃은 새끼라면 암암리에 데려와서 조금 더 클 때까지 키우는 경우가 종종 있다고 했다. 덕분에 나는 헨리라는 이름의 웜뱃을 품에 안고 재워볼 수 있었다.

친구들이 아니었어도 골목이 예쁜 멜버른은 그 자체로 기억에 남는 도시 중 하나가 되었을 것이다. 하지만 친구들이 함께해 준 덕분에, 나를 잘 알고 나를 생각해 주는 그들이 있었기에, 나는 더욱더 잊지 못할 시간들을 보낼 수 있었다. 숲에서 뛰어노는 캥거루들, 그 숲에 있는 웜뱃의 굴, 집에서 몰래 키우는 웜뱃 같은 건 혼자서는 결코 알지 못했을 것들이다.

낯선 곳에서 낯선 사람을 만나는 것도 특별한 일이지만, 낯선 곳에서 익숙한 사람을 만나는 것도 못지않게 특별한 일이다. 낯섦과 익숙함, 정반대의 것들이 섞이는 건 쉽게 느끼기 어려운 설렘이다. 그러나 어디까지나 그들이 나를 만나주어야만 가능한 일이다.

여행하는 동안, 정말 많은 사람들이 기꺼이 시간을 내어주었다. 뉴욕에서는 2년간의 미국 생활을 마치고 한국으로 돌아가기 딱 이틀 전, 그 바쁜 시기에 나를 만나준 친구 P가 있었고, 시애틀에서는 임신 중이었음에도 피곤함을 전혀 내색하지 않고 나를 반갑게 맞아준 베트남인 친구 H가 있었다. LA에서는 근사한 식사와 술 한 잔, 그리고 아프리카 여행을 앞둔 내가 필요한 물건들을 잘 준비할 수 있도록 도와준 친구 S가 있었다. 샌프란시스코에서는 이른 아침 기차역으로 데리러 와준 것을 시작으로, 나를 바다와 숲으로 그리고 스누피가 있는 찰스 슐츠 박물관으로 실어 날라준 사촌언니가 있었다. 집에서 재워준 것은 말할 것도 없고. 프랑스 툴루즈에서의 수녀님이나, 뉴질랜드 오클랜드에서의 이나도 마찬가지였다. 친구나 가족만이 아니었고, 호주에서는예전 직장 선배들도 너무나 잘 챙겨주셨다. 식사는 물론, 공항에도 데리러 와주고 집까지 초대해 주셨다.

　여행의 모든 순간이 즐거웠다면 거짓말이다. 하지만 중간에 반가운 사람들을 만날 때마다 나는 힘을 한껏 얻었다. 마라톤을 할 때 중간중간 물을 받아 마시는 것과 비슷하지 않을까 하는 생각이 든다. 남미 여행 후 엄마와 헤어져 외로울 뻔하던 찰나 P를 만났고, 야간버스를 타고 몸과 마음이 만신창이가 되었을 때 S를 만났고, 여행 막바지가 점점 다가오며 우울해질 때쯤 자넬과 크리스를 만났다.

　여행자들은 자신의 시간을 온전히 여행에 쏟는 사람들이지만, 그곳에 살고 있는 사람들에게는 바쁜 일상 속 하루이기에 결코 쉬운 일이 아니라는 것을 안다.

　모두에게 감사하다. 내게도 그들을 맞이할 기회가 주어지기를 기다려본다.

287

여행 그 후

여행 중에 단 한 번도 미용실에 가지 않아 내 머리는 끝도 없이 자라났다. 괜히 머리를 망칠까 봐, 또는 특별히 불편하지 않아서 등 여러 이유가 있었지만, 여행 출발일과 귀국일을 비교하는 사진을 남기고 싶다는 게 가장 큰 이유였다. 실제로 두 사진 속 내 모습은 꽤나 다르다. 하지만 그건 비단 머리 길이 때문만이 아니었다. 머리카락이 점점 자라나며 무거워진 만큼, 다른 것들이 가벼워져 있었고, 그건 내 표정과 자세에서도 여실히 드러났다. 새로이 쥐는 것보다는 놓은 것이 더 많은 여행이었다.

이제 '나는 원래 그래.'라는 말은 피하게 되었다. 나는 나를 여러 가지로 표현하곤 했다. 성별로, 나이로, 취미로, 직업으로. 그러는 과정에서 나는 종종 나 자신을 분류함 속에 가두었다. 하지만 나는 의외성을 지닌 사람이었다. 무조건 여행을 좋아하기만 하는 사람이 아니라 지겨워할 수도 있는 사람이었고, 사람들과 함께 있는 시간을 즐거워하는 동시에 혼자 있는 시간이 반드시 필요한 사람이기도 했다. 노을이 최고인 줄 알았는데 새벽빛도 사랑하게 되었고, 세상에 닭고기 수프 만한 건 없을 줄 알았는데 모로코의 타진[19]도 그리워하게 되었다.

의외성을 지닌 것은 하루하루도 마찬가지였다. 그러니 더 이상 일희일비하지 않기로 했다. 일상은, 인생은, 크로아티아 플리트비체[20]같은 것이었다. 잔잔한 호수는 거센 폭포가 되었다가 또다시 찰랑이는 호수가 된다. 물은 한곳에 고여 있는 것 같아도 어디로든 이동하고 있고, 그 모습은 끊임없이 바뀌었다. 일상도 여행도 마찬가지다. 오늘이 결코 마지막이 아니다. 모든 것은 과정에 놓여있을 뿐이라서, 그 어떤 것에 대해서도 우리는 결과를 알 수 없다. 언제 어디서든 반전을 마주할 수 있는 세상에서 우리가 알 수 있는 건, 모든 순간이 다시 오지 않을 일시적인 순간이라는 것뿐이다.

그리고 내가 머무는 시간도 일시적일 것이므로, 짐을 애써 늘리지 않는 사람이 되기로 했다. 내 어깨에 짐이 늘어날수록 나의 발자국은 더 깊어지기 마련이다. 흔적을 최대한

---

19 타진(tajine): 고기나 생선 등의 주재료에 향신료, 채소를 넣어 만든 모로코 전통 스튜
20 플리트비체: 크로아티아의 국립공원으로 수많은 폭포와 호수들이 연결된 곳이다.

남기지 않는 사람이 되고 싶어서, 이제는 쉽게 물건을 사지 못하게 되었다. 나는 이미 배낭 한 개로 몇 달씩 버티고도 남는다는 사실을 알아버렸다. 그리고 내가 사는 물건들과 먹는 음식들이, 당장 내 눈에는 안 보여도 지구 반대편에 사는 생명들에게 피해를 줄 수 있다는 사실 또한 알아버렸다. 나의 작은 행동은 나비효과처럼 내가 알지 못하는 누군가를 괴롭힐 수 있다. 보이지 않는 이들을 지켜주고 싶다는 애정이 생겼다.

매일 다른 곳에서 눈을 떴고 매일 다른 풍경을 보았다. 누군가는 내가 그 시간 동안 느낀 변화가 그저 8개월이라는 시간이 흐르면 누구나 경험할 수 있는 변화라고 생각할지도 모른다. 그 말도 맞을 수 있다. 하지만 분명한 것은, 내가 지금까지 살아온 그 어떤 8개월의 기간보다 더 많은 것들을 사랑한 시간이었다는 것이다. 새로운 문을 열어 새로운 풍경을 만나고 새로운 관계를 맺고 새로운 입장을 겪으며 사랑하는 것들을 늘려나가는 것. 그렇게 어제보다 조금 더 다정한 사람이 되는 것. 내게 여행은 그런 마법 같은 일이다.

나는 여전히, 살아가며 여행하며 마주하게 될 모든 것들을 사랑할 준비가 되어있다. 여행은 끝나지 않을 것이다. 잠시 정거장에 내렸다 다음 차량을 타는 것인지는 몰라도.

＊

저녁놀

당신이 보게 될 그곳의 순간들을 함께 하고 싶다

초등학교 2학년, 아홉 살 인생에서 가장 충격적인 일이 있었다. 당시에는 매일 일기를 써서 담임선생님께 제출해 '일기 검사'라는 것을 받았다. 순진하게도 나는 그게 단순히 일기를 썼는지 여부만을 확인하는 것이라고 믿었다. 담임선생님께서 내 일기를 잘 썼다며 반 친구들 앞에서 한 편을 통째로 읽어 주시기 전까지는. 그날 하굣길 나는 곧장 비밀일기장을 사서 내 감정을 담았고, 학교에 제출하는 일기장에는 하루 일과만을 기록했다.

그랬던 내가 에세이를 출간하게 되었다. 어릴 때부터 늘 작가를 꿈꿨지만 대체로 나만의 새로운 세계를 창조하는 소설가를 꿈꿨다. 나의 이야기와 감정들을 담은 글들이 나의 첫 책을 이루게 될 줄은 상상조차 하지 못했다.

✳

실재하는 나의 세상을 공유하는 일은 존재하지 않는 세계를 창조하는 것 못지않게, 때로는 그보다 더, 어려운 일이었다. 조력자로, 선생님으로, 독자로 내 세상을 다듬는 시간을 함께해 준 최연 편집장께 진심으로 감사드린다. 그는 홀로 고민하며 글을 쓰던 내게 지도와 나침반을 건네 준 분이었다.

내가 계속해서 여행을 꿈꿀 수 있는 건, 돌아올 곳이 있다는 사실을 알고 있기 때문이다. 내가 어떤 선택을 하든 옳은 선택이라고 믿어주시는 나의 부모님은, 내가 어디에 있든 든든한 배경이 되어주셨고 앞으로도 그러실 것이다. 이 책에 담긴 이야기들뿐 아니라 내가 살면서 알게 되고 얻게 되고 꿈을 꾸게 된 모든 것들에 대해 부모님께 감사드린다.

그리고 당신들에게도 감사를 전하고 싶다. 내가 여행하는 동안, 각자의 일상을 지키며 나를 한 번씩 떠올려주던 당신들 모두. 그중에는 더 이상 이 세상에 없는 이도 있고, 더 이상 연락이 닿지 않는 이도 있지만, 그럼에도 내 마음이 어떻게든 전해지기를.

이 책은 여행의 마침표가 아니다. 여행은 아직 끝나지 않았다. 나는 벨기에에서 르네 마그리트 그림들 사이에 서 있는 기분을 알고 싶고, 시베리아 횡단열차를 타고 건너는 설국의 풍경을 알고 싶고, 무엇보다도, 과테말라 화산에서 구워 먹는 마시멜로의 맛을 알고 싶다.

　내 여행이 계속해서 이어지는 동안, 당신들의 여행도 부디 그렇게 이어지기를 바란다. 그리고 만일 누군가 이 책을 읽고 먼 곳으로 떠나게 된다면, 꼭 나에게 알려주기를. 나도 당신이 보게 될 그곳의 그 순간들을 함께 하고 싶다.

땅이 꽃잎으로 물드는 2022년 봄,

황세원

그렇게 풍경이고 싶었다　　　　　초판 1쇄　2022년 5월 6일

지은이	황세원
펴낸이	최대석
편집	최연, 이선아
디자인1	H. 이치카, 김진영
디자인2	이수연, FC LABS

펴낸곳	행복우물
등록번호	제307-2007-14호
등록일	2006년 10월 27일
주소	경기도 가평군 가평읍 경반안로 115
전화	031)581-0491
팩스	031)581-0492
홈페이지	www.happypress.co.kr
이메일	contents@happypress.co.kr
ISBN	979-11-91384-23-9　03810
정가	16,500원

　　　　　이 책의 국립중앙도서관 출판예정도서목록(CIP)은
서지정보유통시스템 홈페이지(http://seoji.nl.go.kr)와
국가자료공동목록시스템(http://nl.go.kr/kolisnet)에서
　　　　　이용하실 수 있습니다.

Publisher's Note

Hwang Saewon

네가 번개를 맞으면
나는 개미가 될거야

장하은

출간 즉시
베스트 셀러

**불안장애와
숨고 싶던 순간들,**

**소심하고
내성적인 아이에서
불안한 어른이 된 이야기**

"
너무 좋았습니다. 방에 불을 꺼두고 침대 위에 앉아 작은 태양 같은 조명 아래 있으면 이 책만 읽고 싶은 나날들이었습니다. 읽은 페이지를 또 읽고, 같은 문장을 반복하다가, 홀로 작가님의 글을 더 보고 싶어 책갈피에 적힌 작가님의 인스타에 들어가 보았습니다. 역시나 너무 멋진 분이셨어요. 제게 책을 읽고 먹먹해진다함은 작가가 과연 어떤 삶을 살았기에 이런 글을 쓸 수 있는 걸까, 궁금해지는 것을 말합니다. _ 북리뷰어 Pourmeslivres*님 "

그럴 땐 당황하지 말고 그것도 너의 감정이라는 것을 인정해 줘.
억지로 감정을 바꾸려고 하지 말고. 그 감정에 함께 머물러주며
그대로 표현하게 해보는 것도 필요하거든.
_ 본문 중에서

Jang Haeun

* 북리뷰어 Pourmeslivres는 인스타그램에서 진솔하고 적확한 도서 리뷰를
통해 수많은 애서가들에게 호평을 받고 있다. 인스타그램 @pourmeslivres

삶의 쉼표가 필요할 때

R edition

꼬맹이여행자

퇴사 후 428일 간의
세계일주

**여행에세이 1위
<삶의 쉼표가 필요할 때>
리커버 에디션으로 출시!**

이 책은 우선 여행기 보다 한 권의
아름다운 에세이 같았습니다
_ munch님

출간 후 3년,
꾸준히 사랑 받는
이유가 있다

인생을 알려주고...
(가격) 더 받으셔야 합니다. 책을 읽고
첫 장부터 진짜 울 것 같다가 감동 받았다가
예쁜 말들에 엄마 미소를 짓기도하고
너무 좋은 책이였어요
_ findyourmap0625님

읽으면 꼭
소장하고 싶은
여행에세이

Jang Youngeun

세상의 차가움 속에서도 따뜻함을 발견해내는, 여행 그 자체보다 그 여
정에서 용기와 고통과 희열을 만나는 여행자의 이야기*를 읽고 나면 사
랑하는 이들에게 구구절절 말할 필요도 없이 조용히 이 책을 거네**는
당신을 발견하게 될 것이다

*이병일 시인 추천사 중에서 **태원준 작가 추천사 중에서 / YES24 리뷰 중

사진 예술 요리

뉴욕, 사진, 갤러리 최다운

"깊이 있는 작품들과 영감에 관한 이야기들"

라이선스를 통해 가져온 세계적 거장들의 사진을 즐길 수 있는 기회! 존 시르, 마쿠스 브루네티, 위도 웜스, 제프리 밀스테인, 머레이 프레데릭스, 티나 바니, 오사무 제임스 나카가와, 다나 릭센버그, 수전 메이젤라스, 리처드 애버든, 로버트 메이플소프, 안셀 애덤스, 어윈 블루멘펠드, 해리 캘러한, 아론 시스킨드. 최다운은 뉴욕의 사진 갤러리들, 그리고 사진 작품들의 매력과 이야기들을 생동감 있게 전해준다.

내 인생을 빛내 줄 사진 수업 유림

"사진 입문자들을 위한 기본기부터 구도, 아이디어,
촬영 팁, 스마트폰 사진, 케이스 스터디까지"

좋은 사진을 찍고자 하는 사람이라면 누구에게나 도움이 될 수 있는 지식과 노하우를 담았다. 저자가 사진작가로서 경험하고 사유했던 소소한 이야기들도 이 책만의 매력이다. 사진을 잘 찍기 위한 테크닉 뿐만 아니라 좋은 아이디어를 얻는 방법과 저자가 영감을 받은 작가들의 이야기를 섞어 읽는 재미를 더한다.

김경미의 반가음식 이야기 김경미

"건강식에도 품격이! '한식대첩'의 서울 대표, 대통령상
수상 김치명인이 공개하는 사대부 양반가의 요리 비법"

김경미 선생이 공개하는 반가의 전통 레시피
　　하나. 균형잡힌 전통 다이어트 식단
　　둘. 아이에게 좋은 상차림
　　셋. 몸을 활성화시켜주는 상차림
　　넷. 제철 식단과 별미음식
그리고 소소하고 행복한 이야기들

● 문장
X
문장

"손가락 사이로 미끄러지는 빛은 우리의 마음을 헤쳐 놓기에 충분했고, 하얗게 비치는 당신의 눈을 보며 나는, 얼룩같은 다짐을 했었다."
_ 이제, 『옷을 입었으나 갈 곳이 없다』 일부

"곁에 머물던 아름다움을 모두 잊어버리면서 까지 나는 아픔만 붙잡고 있었다. 사랑이라서 그렇다."
_ 금나래, 『사랑이라서 그렇다』 일부

"'사랑'을 입에 담지 말 것. 그리고 문장 밖으로 나오지 말 것."
_ 윤소희, 『여백을 채우는 사랑』 일부

● 경영 경제 자기계발
○ 리플렉션: 리더의 비밀노트 / 김성엽
　연매출 10조 원, 덴마크 '댄포스 그룹'의 동북아 총괄 김성엽 대표의 삶과 경영
○ 재미의 발견 / 김승일 + [대만 수출 도서]
　"뜨는 콘텐츠에는 공식이 있다!" 100만 유튜브 구독자와 高 시청률 콘텐츠의 비밀
○ 야 너도 대표될 수 있어 / 장보윤 박석훈 김승범 주학림 김성우
　코로나와 경기침체는 스타트업 창업 절호의 기회. 전문가들의 스타트업 성공 매뉴얼
○ 자본의 방식 / 유기선
　카이스트 금융대학원장 추천도서. 자본이 세상을 지배하는 방식에 대한 통찰들

● 인문 사회 독서
○ 한 권으로 백 권 읽기(1~2) / 다니엘 최
　이 시대에 꼭 필요한 명품도서 300종을 한 곳에 모아 해설과 함께 읽는다
○ 산만한 그녀의 색깔있는 독서 / 윤소희
　특색있는 소설, 에세이, 인문학적 사유를 담은 책들에 관한 독서 마니아의 평설
○ 독특한건 매력이지 잘못되게 아니에요 / 모기룡
　인지과학 전문가 모기룡 박사가 풀어내는 독특함에 대한 철학적, 인문학적 고찰
○ 가짜세상 가짜뉴스 / 유성식
　가짜뉴스의 발생 원인은 뭘까? 가짜뉴스에 대한 통찰력 가득한 흥미로운 여행

● 종교 정신세계
○ 죽음 이후의 삶 / 디펙 쵸프라 + [리커버]
　죽음, 인간의 의식 세계, 영혼에 대해서 규명한 디펙 쵸프라의 역작
○ 모세의 코드 / 제임스 타이먼 + [리커버]
　좌절과 실패를 경험한 이들을 위한 우주의 비밀들. 독자들의 성원으로 개정판 출시
○ 4차원의 세계 / 유광호
　우리는 어디서 와서 어디로 가는가? 우주의 에너지 정보장, 전생과 환생의 비밀들

당신의 어제가 나의 오늘을 만들고 김보민

"사랑을 닮은 사람이고 싶었습니다."

너무 뜨겁지도, 너무 차갑지도 않은 보랏빛. 그 바이올렛 향을 뿜어내는 모든 이들을 위한 글들.『당신의 어제가 나의 오늘을 만들고』에는 오랫동안 망설여왔던 고백에 대한 순수함이 있고 사랑 앞에서 세계를 투명하게 읽어내는 아름다움이 있다. 만남부터 이별의 순간까지도, 사랑에 대한 희망을 문장과 문장 사이에서 만나게 해 준다. 얼어붙었던 마음도, 힘들었던 순간들도 어느 순간 따스하게 녹아 빛나게 해주는 책이다.

너의 아픔 나의 슬픔 양성관

"재미있는데 눈물이 나는, 웃을 수만은 없는 의학 에세이"

브런치 조회 수 200만, 그리고 포털사이트와 한국일보 등에서 사랑을 받은 빛나는 의사 양성관의 거침없는 이야기들. 지금까진 상상할 수 없었던 의사와 환자들의 이야기들을, 특유의 입담으로 풀어놓는 양성관 작가를 따라가다 보면 독자들은 웃고 있다가 어느 순간 울고 있게 될지 모른다.『너의 아픔, 나의 슬픔』은 웃음이 있지만 서정이 있고 삶에서 우러난 따뜻함이 있는 의학 에세이이다.

오늘도 아이와 함께 출근합니다 장새라

"오늘도 독박 육아 당첨이다. 퇴근길. 나는 다시 출근한다."

"엄마로만 살건가요? 당신은 행복해야 합니다." 알고 있다. 그러나 좋은 엄마로 살아가면서 '나'로 살아간다는 것은 말처럼 쉽지만은 않다.『오늘도 아이와 함께 출근합니다』는 육아와 직장생활을 아슬아슬하게 오가면서 평범한 초보 엄마가 겪은, 때로는 울고 때로는 웃으면서 버텨낸, 잔잔한 이야기들과 사유가 담겨 있다. 평범한 딸에서 평범하지 만은 않은 엄마를 통해 당신은 엄마와 아이들을 한층 더 깊게 이해하게 될 것이다.

R 삶의 쉼표가 필요할 때 꼬맹이여행자

"낯선 여행지에서 이름 세글자로 살아가는 온전한 삶을 찾다!"

여행에세이 베스트셀러 1위를 달성하며 독자들에게 큰 울림을 준 꼬맹이여행자의 이야기 『삶의 쉼표가 필요할 때』, 리커버 에디션 출시! 신의 직장이라고 불리는 금융공기업을 그만두고 새로운 삶을 살아보고자 세계여행을 떠난 저자가 428일간 44개국에서 만난 다양한 이야기를 들려준다. 여행지에서 만난 이들의 삶과 철학, 세상을 바라보는 다채로운 시선, 그리고 사유의 깊이가 어우러져 만들어내는 잔잔한 감동과 울림들을 만나보자.

R 낙타의 관절은 두 번 꺾인다 에피

"26만명이 감동한 유방암 환우 에피의 여행과 일상"

'구름 없이 파란 하늘, 어제 목욕한 강아지, 커피잔에 남은 얼룩, 정확하게 반으로 자른 두부의 단면, 그저 늘어놓았을 뿐인데 걸음마다 꽃이 피었다.'
다소 엉뚱한, 어둠속에서도 미소로 주변을 밝혀주는 그녀의 매력은 어디서 오는 걸까. 절망적인 상황에서도 미소를 머금은 한 여행자가, 이제 겹겹이 쌓아 놓았던 웃음과 이미 세상을 떠나버린 이들과 나누었던 감정의 선들을 펼쳐 놓는다.

이 여행이 더 늦기 전에 새벽보배

"내 남자의 손을 꼭 잡고 가려던 달콤한 신혼여행은 어쩌다 보니 손 꼭 잡은 부부 두 쌍을 모시고 가는 환갑여행이 되었다."

세계 곳곳에서 펼쳐지는 가족 간의 냉전과 사랑, 그리고 돈독한 이야기들 – 여행지에서 '이럴려고 떠나왔나'라는 생각이 들 때, 혹은 주저앉고 싶은 순간들을 만나는 때 읽고 싶은 여행에세이. 세계 곳곳에서 펼쳐지는 가족 간의 냉전과 사랑, 그리고 돈독한 이야기들. 특별하고도 스릴 넘치는 한 가족의 에피소드를 통해 독자들은 여행과 가족의 의미를 재발견 해 볼 수 있을 것이다.

자기객관화 수업

현실적응력을 높이는 철학상담

모기룡

가스라이팅　　　　　　　　자기객관화

서양철학은 우리도 모르는 사이에 우리의 사고를 주도하고 있다. 이를 테면,

너 자신을 믿어라 / 주체적으로 사고하라 / 고유한 너 자신을 찾아라 / 언제나 긍정적인 마음을 가져라 / 세상의 중심은 너다

이런 모토들은 장점도 있지만
그로 인해 외부의 관점을 무시하게 되는
부작용을 낳는다.
구루는 다음과 같이 말한다.

"이 모토들은 자신의 내면에 있는
것이 진짜 자신이라거나 가장
중요하다고 생각하게 만들지요.
그리고 타인들이 생각하는 나의
모습은 가짜이거나 중요하지
않다고 생각하게 만들지요."

한 권으로 백 권 읽기 II

DANIEL CHOI

고고학-문사철-사회과학-자연과학-인공지능까지!

노벨상의 산실 –
미국 시카고대학교의 비밀!

1890년에 석유재벌 존 록펠러와 몇 명이 힘을 합쳐 세운 시카고 대학은 설립 후 근 40여 년 동안 크게 두각을 나타내지 못하던 학교였다. 그런 대학에 1929년 총장으로 부임한 로버트 허친슨 박사는 '위대한 고전 읽기 프로그램(Chicago Plan)' 운동을 벌인다. 그는 200여 종의 고전을 선정하고 그 중 100여 종을 읽지 않으면 졸업을 시키지 않았다.

처음에는 반발도 거셌지만 그 프로그램을 시작하고 90년이 지난 지금은 '시카고대학교(University of Chicago)' 하면 곧 '노벨상'이라는 등식이 성립하는 단계에까지 이르렀다.
위대한 고전을 읽는 일은 그만큼 중요하다.
사고의 폭이 넓어지면서 무궁무진한 아이디어가 솟아나기 때문이다.

한 권으로 백 권읽기 II

다니엘 최 지음

고고학-문사철-사회과학-자연과학-인공지능까지!

행복우물

연시리즈 9

오리도 날고
우리도 날고 김명진

"아빠, 힘들면 도망가!"
자발적 퇴사자 아빠와
꿈많은 아들이 세계를 날다

Feat. 오리찡

"아빠가 너 자는 동안
캥거루를 30마리나 봤어."
이날도 어쩔 수 없이
아들 녀석에게 선의의(?)
거짓말을

하고 말았다.

Kim Myungjin

고통스럽도록 유쾌한 책

Kim Myungjin

오리도 날
우리도 날

아빠, 힘들면 도망가…!

정말 새가 되면 이런 느낌이지 않을
까? 그 자유로운 기분……

오리는 혼자는 줄 꿈쩍않네에게기오리는 날았다

행복우물

산만한 그녀의 색깔 있는 독서

윤소희

새벽을 깨우는 독서와 사유의 기록;

에세이, 시, 소설 등
넓고 깊은 독서를 하고 싶은데
어디서 부터 시작해야 할까?

윤소희 작가는 수년 째 매일 새벽,
읽고 쓰는 삶을 SNS에 공유하며
독자들에게 호평을 받고 있다.
책에는 윤소희 작가가 특별히
엄선한 작품들이 블랙,
화이트, 핑크 등 '컬러'라는
테마와 함께 공개된다.

Yoon Sohee

Yoon Sohee

산만한
그녀의
색깔있는
독서

행복우물출판사 도서 안내

● STEADY SELLER
○ 사랑이라서 그렇다 / 금나래
"내어주는 것은 사랑한다는 말, 너를 내 안에 담고 있다는 말이다"
2017 Asia Contemporary Art Show Hong Kong,
2016 컬쳐프로젝트 탐앤탐스 등에서 사랑받아온 금나래 작가의 신작

○ 여백을 채우는 사랑 / 윤소희
"여백을 남기고, 또 그 여백을 채우는 사랑. 그 사랑과 함께라면
빈틈 많은 나 자신도 온전히 좋아하며 살아갈 수 있을 것 같다."
'채우고 싶은 마음과 비우고 싶은 마음'을 담은 사랑의 언어들

● BOOK LIST
○ 다가오는 미래, 축복인가 저주인가 - 2032년 4차 산업혁명
이후 삶과 세계 - 김기홍 ○ 길을 가려거든 길이 되어라 -
김기홍 ○ 청춘서간 / 이경교 ○ 음식에서 삶을 짓다 / 윤현희
○ 벌거벗은 겨울나무 / 김애라 ○ 가짜세상 가짜 뉴스 / 유성식
○ 야 너도 대표 될 수 있어 / 박석훈 외 ○ 아날로그를 그리다 /
유림 ○ 자본의 방식 / 유기선 ○ 겁없이 살아 본 미국 / 박민경
○ 한 권으로 백 권 읽기 I & II / 다니엘 최 ○ 흉부외과 의사는
고독한 예술가다 / 김응수 ○ 나는 조선의 처녀다 / 다니엘 최 ○
꿈, 땀, 힘 / 박인규 ○ 바람과 술래잡기하는 아이들 / 류현주 외
○ 어서와 주식투자는 처음이지 / 김태경 외 ○ 바디 밸런스 /
윤홍일 외 ○ 일은 삶이다 / 임영호 ○ 일본의 침략근성 / 이승만
○ 뇌의 혁명 / 김일식 ○ 멀어질 때 빛나는: 인도에서 / 유림

행복우물 출판사는 재능있는 작가들의 원고투고를 기다립니다
(원고투고) contents @happypress.co.kr